公元787年，唐封疆大吏马总集诸子精华，编著成《意林》一书6卷，流传至今

意林： 始于公元787年，距今1200余年

纯正+阳光+向上

为中国女生量身打造优质课外读物

我们是小淑女

优雅，聪慧，阳光，快乐，甜蜜，
勤奋，包容，恬静，浪漫，唯美，璀璨。
善解人意，才华横溢，从容淡定，
独立有主见，时常感恩，心怀美好。
爱学习，爱阅读，爱幻想，睿智有深度，独具品位。

意林励志·Mini Miss 荣誉出品
小MM品牌书系 · 淑女文学馆 · 公主天下系列018
荡气回肠的古风浪漫小说，独属于公主们的传奇故事

兰陵公主

玉京谣（叁）

大结局

沉香子 ◎ 著

长江出版社
CHANGJIANGPRESS

图书在版编目（CIP）数据

兰陵公主·玉京谣. 叁 / 沉香子著.
— 武汉：长江出版社，2020.4
ISBN 978-7-5492-6920-4

Ⅰ.①兰… Ⅱ.①沉… Ⅲ.①长篇小说－中国－当代
Ⅳ.①I247.5

中国版本图书馆CIP数据核字(2020)第057062号

兰陵公主·玉京谣（叁）大结局
Lanling Gongzhu · Yujingyao（San）Dajieju   沉香子◎著

出　　版	长江出版社
	（武汉市解放大道1863号）
选题策划	阿　朱
执行策划	张　星
市场发行	长江出版社发行部
网　　址	http://www.cjpress.com.cn
责任编辑	郑雨蝶　冯　曼
特约编辑	魏　娜
封面绘图	满　月
封面设计	胡静梅
装帧设计	刘　静
印　　刷	湖南关山美印印刷有限公司
版　　次	2020年4月第1版
印　　次	2020年5月第1次印刷
开　　本	700mm×1000mm　　1/16
印　　张	11
字　　数	161千字
书　　号	ISBN 978-7-5492-6920-4
定　　价	26.90元

版权所有 盗版必究（举报电话：027-82926804）
（如发现印装质量问题，请与印务部联系退换，电话：010-51908584）

为中国女生量身打造优质课外读物

文◎《意林·小淑女》书系总策划　阿　朱

　　2010年1月，意林集团专门为女孩量身定做的读物《意林·小淑女》诞生了。创办之初，《意林·小淑女》旗帜鲜明地打出口号——"女孩都是小淑女，小MM陪你优雅过花季"。"淑女"取意为"内心美好、品质优秀的女孩"，明确为中国8~18岁的优质女孩服务，以"帮助女孩在快乐阅读中提高文学修养和综合素质"为宗旨，坚持"纯正、阳光、向上"的风格导向，内容着眼于"青春、梦想、成长、励志"，以期打造全新的、真正适合女孩阅读的健康课外读物。

　　凭借这样的精准定位和独特理念，《意林·小淑女》上市后，很快赢得女孩们的喜爱，在校园中引起巨大反响，女孩们表示："终于有女生的专门读物了！超级好看！"家长和老师也纷纷给出"孩子看后成长了很多""孩子的作文水平明显提高了"之类的积极反馈。2011年6月，在读者的热烈要求下，《意林·小淑女》在坚持宗旨、质量不变的前提下，出版频率加快，由原来的每月一期增加为每月两期；同年10月，《意林·小淑女》月发行量突破50万册，潜在读者超过80万人，其作为优质女孩喜爱的健康课外读物的地位逐渐形成，而迅猛增长的销售业绩也引来业界极大关注，开始得到一些同行的模仿和追随，市面上类似风格的女孩读物相继出现（当然，最后能经得住市场检验的很少）。

　　2010年7月，《意林·小淑女》开始涉足图书出版领域，编辑部陆续推出《蔷薇少女馆（全套）》《迷藏（全套）》《悠莉宠物店（全套）》《七寻记（Ⅰ~Ⅶ）》《钢琴小淑女（第一季~第六季）》《星愿大陆（全套）》《现在是女生时代（①~⑦）》及"浪漫星语"十二星座小说系列等数十种图书，这些书在全国中小学校园中广为流传，无数小读者为之痴迷、陶醉，"《意林·小淑女》出品的图书本本畅销"这一观点也成为众多书店、经销商的共识。"《意林·小淑女》现象"逐渐成为一种社会现象，为各方所津津乐道。

　　2012年，创办满两周年的《意林·小淑女》步入加速发展轨道，编辑部创造性地提出"女生文学"概念，并将之上升到与儿童文学、青春文学并列的重要文学形态，《意林·小淑女》专注于为成长中的女孩服务的想法也更加清晰，编辑部计划在未来几年内，以每年出版几十种新书的速度，采用短篇文集、长篇小说、原创漫画、故事绘本等多种类型齐头并进的形式，为女孩们提供一批有规模、有质量、有品位的精品读物，打造中国女生喜爱的文学品牌。

　　在2012年7月之后出版（或修订）的所有《意林·小淑女》"淑女文学馆"系列新书中，我们都会特别放置这篇名为《为中国女生量身打造优质课外读物》的文章，来阐述我们对于建设中国女生文学以及推动女生健康阅读的崭新理念与思考。

★女生一定要选择适合自己的女生文学读物

首先,什么是女生文学?

《意林·小淑女》所定义的女生文学是指专门为女孩(特指8~18岁女孩)创作并适合女孩阅读的、符合女孩心理特点和审美要求、有利于女孩身心健康发展的各种文学作品。简单来说,就是所有适合女孩阅读的健康课外读物。

目前,国内未成年人的文学阅读笼统地分为儿童文学、青春文学等大类,市场上很难找到专门针对女孩创作的有规模、系统化的读物。事实上,女孩和男孩的大脑结构不同,思维方式、理解能力、审美要求不同,在阅读上也要区分性别,选择不同的读物。

《意林·小淑女》系列读物立足于女孩性别特点,专门为女孩量身打造,是专属于女孩们自己的读物,合乎年纪,合乎趣味,外观时尚、唯美、优雅,内容纯正、阳光、向上,是真正适合女孩阅读的健康课外读物,带给女孩全新的阅读体验。

★女生通过阅读女生文学读物提升写作能力,获取成长养分

8~18岁正是快速吸收养分、奠定阅读基础的黄金年龄,对于女孩一生的成长至关重要。《意林·小淑女》提倡女生文学要打破市场常规,"从低幼儿童文学及少女言情中解放出来",以深浅适度、风格纯正、健康向上、可读性与文学性兼具的内容,帮助女孩在快乐阅读中提高阅读理解能力、作文写作能力,汲取成长经验、成长智慧,全面提升素质。

在故事类型上,《意林·小淑女》系列读物既有贴近女孩生活和心灵的校园故事、成长故事、亲情友情故事等,又有极富想象力的冒险故事、幻想故事等,每篇文章的选取都将标准锁定为"题材新颖、内容阳光、主题积极向上、文风优雅纯正",并坚持拒绝浅薄幼稚、庸俗无聊、花哨言情等无内涵的文章。女孩们在健康文学的长期熏陶下,语感增强了,素材丰富了,思维开阔了,自然能做到心中有故事、下笔有话说,不再为作文犯愁;同时,这些文章里蕴含的温暖励志内核,诸如阳光、善良、真诚、包容、坚强、勇敢、善解人意、独立有主见等精神,都能激发女孩正面心态的能量,帮助她们成长为内心强大的女孩,为将来的人生打底。

★女生文学读物要品质化、品牌化、系统化

《意林·小淑女》创办的时间不长,但读者的忠诚度、信赖度和美誉度在国内首屈一指,已经形成明显的品牌优势,它集"好看""清新""唯美""阳光""优雅""品位"等各种美好感觉于一身,始终以女孩的阅读感受为根本,全心全意为女孩服务,专心致志打造一流读物、精品读物。

读者的认可和喜爱,得益于《意林·小淑女》对文稿质量近乎苛刻的严格把关。为《意林·小淑女》供稿的作者,既有实力派中青年儿童文学作家,又有青春新锐派文学作者,编辑部每月收到近千封来稿,经过反复筛选、修改、优中选优,最终确定30篇左右刊出;对于长篇图书出版,编辑部始终坚持"用心、专业、永续经营"的理念,不追求过度商业化、批量化生产,每一本书稿都精雕细琢、反复打磨,已出版的每一本图书几乎都成为业内畅销书经典,而《意林·小淑女》所倡导的女生文学概念及标准也成为业内标杆,引来众多同行追随。

除此之外,编辑部与一大批有潜力的青年作者建立了长期的独家合作关系,这些作者通过《意林·小淑女》、网络、电话、读者见面会等各种渠道,常年坚持在第一线与读者互动,倾听读者心声,保持创作活力源源不断。目前《意林·小淑女》独家签约作者的队伍仍在不断壮大,我们希望用几年甚至十几年的时间,形成有较大社会影响力的专业化女生文学创作基地。

为避免女孩因为阅读口味单一而造成阅读面、知识面过于狭窄,《意林·小淑女》除了做好文学类图书外,也努力开发适合女孩阅读的其他类别读物,比如励志、科普、时尚、生活类选题,同时力求经营品种以及传播途径上的多样化,依托原创精品内容,开发数字化传播、动漫、影视、游戏、周边产品、女生网络社区等,做好精品故事的深度经营,构筑全产业链发展模式。在销售渠道上,除传统的零售、邮局、校网等,我们逐渐在各地设立女生文学专柜和品牌专卖店,力争让读者随手可取,购买方便。

★ 为女孩营造愉快的阅读体验

《意林·小淑女》系列读物无论在内容还是包装上都具有较高的辨识度,为了方便读者寻找,我们对2012年7月之后出版(或修订)的新书做了统一规划:

○ 认准独家标志

《意林·小淑女》出品的所有图书,在腰封和封底上都有"意林""Mini Miss出品·女生文学"的独家标志(图1);在书脊上,除了"意林"以及"Mini Miss"字体logo外,每本书还特别放置了"封面女孩"形象(图2),便于读者辨认和收藏;在前、后勒口上,每本书都有"纯正、阳光、向上,为中国女生量身打造优质课外读物"的字样(图3)。

图1

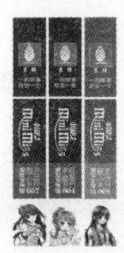

图2

图3

○ **识别编号**

《意林·小淑女》出品的所有图书都将逐渐归于"淑女文学馆""淑女漫绘馆""淑女励志馆""淑女风尚馆""淑女生活馆"等特色馆（新馆不断添加中），每本书都有属于自己的编号，比如：

代表这本书所属类别是淑女文学类，编号为冒险励志系列004，即此系列的第四本书，在这本书之前，自然已经出版了001、002、003，后面也会有005、006、007……陆续上市；图书封底的总编号则代表了这本书在《意林·小淑女》所有出品图书中的总排序。

○ **女孩特色包装**

每本图书都会配备一张淡雅的紫色或粉色前衬页，上面印有"意林"及"Mini Miss"字体logo；在小说类单色印刷的图书中，会加有4页铜版纸彩色插图页，第一页的"淑女宣言"（图4）代表了《意林·小淑女》所提倡的优质女孩精神，第四页则标明了本书所属的系列及编号（图5）。

图4

图5

我们目前所使用的字体、字号以及行距，是在经过大量调查研究和多次测试后确定的，适合成长中的女孩阅读，每一页的内容既充实，又不至于给读者造成阅读疲劳。

所有的一切都是为了给成长中的女孩提供价值导向健康、养分丰富、品质优良的课外读物，营造愉快的阅读体验，我们希望以传媒人"有爱有担当"的社会责任感和"一生只做一件事"的专注精神，不遗余力地建设女生文学，推动女生阅读向前发展，全力打造中国女生喜爱的文学品牌！

目录 contents

147	131	115	099	083	065	049	033	017	001
第十章 火凤涅槃	第九章 智取仓廪	第八章 少女钦使	第七章 请缨吾注	第六章 金枝为祸	第五章 殿前奏对	第四章 荒野求生	第三章 呦呦鹿鸣	第二章 七宝璎珞	第一章 哀民之殇

第一章 哀民之殤

胜利班师的大周军队行进在京城大街上。

浩荡的声势与凯旋的王者阵容,引得沿街迎接王师的百姓欢呼沸腾,偶有大胆的,还将鲜花掷向周军将领及王族乘坐的玉辂。

太子坐在车马中,从窗帘边的缝隙瞧过去,听着百姓的称赞之声,心里不免有些得意,又往后头一辆马车看去,感觉车厢微微颠簸,心里想着那东西在里面不知是否安逸。

后面的马车里,身着秋香色交领短衫的少年正弯腰蹲在一个巨大的笼子前,乌亮的青丝在发顶束成髻,由一根直身玉钗横簪固定着,长长的发梢垂落在胸前,明眼人一眼就能看出是个未及笄的少女。

笼子里这会儿半蹲卧着一只兽,一身苍灰皮毛,四肢有豹纹斑点,看起来似猫非猫、似豹非豹,刚才车厢一阵摇晃,全是由它而起。

别看这兽安静时驯顺如巨猫,可发怒张口时,一双如猫般懒懒眯着的眼眸便骤然睁开,目露凶光,现出一口獠牙,甚至比豹子更狰狞几分。

这只兽是齐军败北时,周军俘获的战利品,据称是齐帝高纬的心爱之宠。

齐帝无甚才能,却将荒淫无道发挥到极致,不仅宠幸了冯小怜这种败国美人,还爱豢养一些珍奇异兽,尤其是罕见的猛兽。

当时太子初见这兽,被它露齿一吓,也惊得后退两步,待军中捕获它载入笼中,却无人知其习性名称,后才听妩姜说它叫"猞猁",是种体形中等的猛兽,以捕获体形较小的兽类为生。

太子一时心生欢喜,将这猞猁当作战利品交由妩姜养着。

马车后帘一掀,军中一名小卒上来,揪了只野兔的耳朵,任由它挣扎着,提到笼子前晃。

少女与他熟识,直言道:"别那么逗它,这猞猁性猛烈,喜血腥,小心误伤了你。"

"这不有笼子嘛。"他不以为意。

"妩姜!"马车窗帘一掀,探入一张少年的脸,略带长途跋涉的风尘之色,明亮的眼睛跳跃着光芒,清秀俊逸的脸上有一丝喜悦,"猜我买了什么

送给你？"

妩姜却不猜，只朝他一笑："柳述，多谢了。"

柳述脸一垮，不悦道："你这人就是无趣，让你猜，只说谢。"

"你送的自然是好东西，我只需向你道谢便成，难道猜不中你便不给我？"

狡黠的笑意浮现，柳述拿她无可奈何，将一个香粉盒递进去。

妩姜一怔，倒不知他会送这些脂粉俗物给自己，接过打开一看，笑意顿生，眉梢都浮上了喜不自胜的意味。

盒中并非胭脂香粉，而是块罕见的莺歌绿俏雕挂件，形如兰花，奇香扑鼻，有清甜沁凉的味道。

妩姜水润的脸蛋儿上笑意未散，便听一声惨呼，车身又是一震。

柳述与妩姜同时望去，脸色剧变。

拿着野兔逗猞猁的小卒倒在车厢一边，手捂着脸，有浅浅的血线自指缝流出。血淋淋的野兔尚在蹦跶，铁笼的门却不知何时洞开，猞猁猛地从后车厢门处跃下，从后车厢门处跃下，蹿进路边人流。

妩姜大吃一惊，顾不得马车尚在行驶，一个翻滚跳下去，恰巧被人接住，拉上了一匹马。

耳边还听得那小卒哭丧着脸解释："它装死，我只怕它真出事，便开了笼子查看……"

猞猁生性狡诈，在遇着天敌时，若逃不脱追捕，便会装死躲避，小卒哪里知晓。

妩姜细听耳边风声，胯下战马长嘶，腾身跃出了行军队伍，直朝一个方向而去。

她稍稍定神，回眸看去，见柳述惯带嬉笑的脸上神色凝重，定定地直视前方，策马疾驰，扬声道："别看我，坐稳。"

她是被他从路上一把捞起来，抱坐在身前的，感觉甚是不适，便回身坐正了，将身子往后靠了靠，感觉贴着他的胸膛有种宽广而温暖的安心。

妩姜顺着柳述的目光看过去，隐约可见前方鳞次栉比的屋脊间，有道浅灰色身影在跳跃疾驰。

她下意识地伸手想去控制缰绳，才想起缰绳早握在身后人的手中，柔软的小手倒是摸到了他微糙而温暖的手背，少年的手骨节突出，劲瘦而有力。

柳述策马穿街过巷，两眼盯着猞猁的身影，感觉那兽实在是狡猾，时而在屋脊上驰行，时而在巷中穿梭，将他们带得越来越偏离中军队伍，不知到了何处。

前方巷道愈窄，看两侧高大的建筑和院墙，似是一片乌衣巷道，住的非富即贵，眼看着猞猁消失在巷道之间，柳述在巷道口将妩姜抱下了马，任马在巷口徘徊着，二人追了进去。

坐北朝南的一幢府邸，高耸的广梁大门下悬着两盏灯笼，门前的抱鼓石前蹲着两尊石狮，威武雄踞，处处透着这户人家的森严门第。

二人走近了，见府邸门上几个大字"随国公府"，才知这是随国公杨坚的府上。

妩姜看着门楣，莫名有种熟悉之感，眼中不知不觉涌上几分酸热。

柳述隐约见猞猁消失在院墙上，略一犹豫，还是上前叩了铜环。

过了一阵，没人应门，柳述刚想再叩门环，朱漆大门"吱呀"一声开了，一个青衣门房躬身道："二位可是来寻狸猫的？"

这人显然不知猞猁为何物，才称之为狸猫。

柳述应了一声，便听到有人清笑："什么狸猫，这兽如此凶悍，分明是只猞猁。"

妩姜乍听这声音，只觉得似曾相识，举目去看，见照壁后绕出一个少年来，身着深赭色暗花衣，纶巾潇然，五官轮廓深刻，笑意盎然。

他怀中抱着只巨猫，可不正是那比狡兔还油滑的猞猁？

妩姜见他就这么抱着，险些失声惊呼，发现他其实一臂托抱，另一只手却揪着猞猁颈后皮毛防它攻击，才放下心来。

"在下随国公府杨广。"

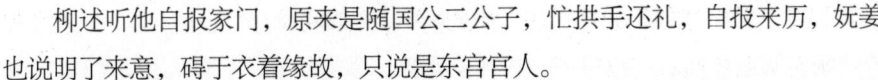

柳述听他自报家门,原来是随国公二公子,忙拱手还礼,自报来历,妘姜也说明了来意,碍于衣着缘故,只说是东官宫人。

杨广侧脸看她一眼,容颜皎皎,眉眼如画,分明是个娇俏少女,只一笑而已,也不说破。

妘姜对上他的笑容,心底某处震颤一下,仿佛有尘封的记忆被唤醒,似曾相识的感觉更为深刻。

柳述同杨广说了几句,方知杨广发动一院家仆围堵猞猁,才将它捕获,还有人险些为这畜牲所伤。

听说猞猁竟是太子豢养的心爱之物,杨广不易察觉地敛一下眉,却很快展开,含笑道:"此兽凶猛,柳侍卫可要严加看管。"

柳述回头看着妘姜,这其实是她的职责,可让一个柔弱少女看管这等猛兽,着实不妥。

他从杨广手中接过猞猁,用同样的手法揪着它的颈毛,猞猁虽不得已而受困,还是免不了龇牙露出凶相。

杨广看出些端倪来,问:"怎么太子殿下竟让这小……官人饲养猛兽?"

柳述心中也觉得不妥,却并没有说什么,谢过杨广,与妘姜离去。

妘姜一直没说什么话,只盯着杨广看,秋水明眸中荡着丝疑惑,临走还频频回头,总觉得随国公府与杨家二公子莫名熟悉。

杨广见她朝自己回眸,报以一笑,仔细看她的眉眼,竟也觉得小姑娘有些面熟。

出了巷口,柳述的战马徘徊不去,在他们靠近时扬起前蹄长嘶一声,两眼有警惕之色。

柳述低头,见猞猁龇牙做狰狞状,知道马对这些肉食猛兽本能恐惧,捏住它后颈的手用力控制住,上前安抚了好一会儿,才得以翻身上马。

如此一来,他要腾出一只手控制猞猁,妘姜只能踩着马镫,小心翼翼地扶着他的腰坐到他身后。

柳述控缰缓行,少女的馨香不时在他鼻端萦绕,痒得他打了个喷嚏:"小

妩姜,回了东宫,你得设法向太子辞掉豢养猞猁的职责。"

妩姜倒是坦然:"没事的,再凶的猛兽,掌握了它的习性,也是能与它沟通的。"

柳述心想说什么大话,方才它逃跑时怎么拒绝跟你沟通?话到嘴边却变了:"刚才你一直盯着随国公家二公子看什么?他很好看吗?"

妩姜愣了一下,以为他没有留意到,没想到他不动声色地都看在眼底,酸涩的语气分明介意。她"咪"地笑出来:"是比你好看一点点。"

柳述的眉心都聚到一处去了,暗地里咬牙切齿,杨广到底哪里比他好看了?

回归队伍之中,太子已得知猞猁逃跑,见柳述将它捉回笼子,却依然未展欢颜,从头到尾都阴着一张脸。

妩姜解释:"是奴婢一时疏忽,不慎让它逃跑,柳侍卫只是帮奴婢追赶……"

"我知道了!已将那蠢材拉下去打了二十军棍!"

妩姜闻言,吃惊地抬起头来。

太子的脸色阴云密布,甩袖将手负在身后,命令妩姜提着笼子上了玉辂,再也没看柳述一眼。

柳述策马跟在后头,直觉太子对自己追回猞猁之举非但没有欢喜,反倒是不悦得很。

回了宫,周帝为太子接风洗尘,又召了他去领封赏,看得出,此次大捷宇文邕确实很欣慰,对太子十分满意。

太子回到东宫时,脸上一扫阴云,带着少有的和煦笑意,命人将他所得赏赐清点列单,亲自点了些让人送去妩姜住处。

妩姜谢过之后,对着堆了满案的赏赐,不由得敛起了眉。

各色上好的织锦绸缎八匹,珍玩数件,京城老字号的胭脂水粉若干,另有

一个紫檀奁盒，三层小屉。

妩姜刚拉开第一层小屉，便被晃得眼花，恰巧高苣进来，两个人同时被耀目的光芒给刺了一下。

妩姜内心十分不安，小屉中并列着两颗鸽蛋大小的明珠，足以照亮她这间斗室。

高苣看得又妒又惊，像被人用针刺了一下。

妩姜倒也没留意到她，拉开第二层小屉，成套的翡翠华胜、玉坠、耳坠，琳琅满目，绿意沁人，水润通透，即使高苣曾身为皇族，也不常见这样成色上好的翡翠。

高苣看不下去，又妒又怒，扭身便走。她屋内那几匹蜀锦相较之下，简直不值一提。

妩姜听到动静，才抬眼见到高苣的背影，唤了一声："高苣姐姐找我有事？"

"无事，只是路过。"

妩姜心内隐隐不安，知道她是看见自己得了如此厚赐，心中不喜。

第三层小屉内是块雕琢精致的玉佩，阳刻的纹样是"和合"二圣，几茎荷花与莲蓬自盒中摇曳而生，堪称巧夺天工。

太子性情乖戾，喜怒无常，若是拒绝这些赏赐，无异于驳了他的颜面，惹他不喜，妩姜只能轻叹一声收下。

她收拾完了，过去向太子致礼谢恩，见他微笑着问自己："那些赏赐你可满意？"

"奴婢卑贱之躯，无故受此厚礼，深感惶恐。"

太子摆摆手："你立下多少功劳，别人不清楚，我焉得不知？我知道你的性子，不许推辞，尤其是那块玉佩，以后我要天天看见你随身佩戴。"

妩姜没想到还招来了这么个指令，不由得心中苦笑，却不得不应了，心想好在他没有命令自己将一整套的翡翠首饰都戴在身上，否则被宫中的人看了，必受非议。

领恩之后,妩姜依然照管太子日常课业,整理书卷文稿。

一日,整理太子的手抄稿,有篇屈原的《九歌·国殇》,看到"天时怼兮威灵怒,严杀尽兮弃原野"这句时,妩姜心头微震,合上手稿陷入沉思。

这首战争长诗除了写尽战争的壮阔激昂,也悲怒于战后士卒弃尸荒野的残酷,她不由得想起当初跟摩煊学诗文时,听他说起战事后百姓的流离失所、遍野荒凉,对于平阳之战的大捷便少了许多喜悦。

摩煊曾言,无论以何名义发起的战争,最终的残忍都只有百姓与阵亡将士的家属能体会到。妩姜隐约能体会到他拥有《四夷书》却甘心被困诏狱的缘由了。

尚未整理完太子书房,听闻二皇子宇文赞造访,妩姜匆匆相迎。

宇文赞一身月白竹纹锦袍,容止翩翩,顾盼风流,见了妩姜,眼底已泛上笑意。

太子习惯午后休憩片刻,不容任何人打扰,妩姜只能将宇文赞迎入书房。

问起平阳城中的战事,妩姜倒是没有多言,大多数据实以说,只论到功劳时,她不动声色地都推到太子头上。

宇文赞何等通透,不用她明言,也知许多功劳出自她手,又听她维护太子,不肯居功,只默不作声地笑笑。

宇文赞随意捡起妩姜刚观看的手稿,笑言:"你如今倒是越来越好学了,听闻连太子的字都能模仿个七八分。"

妩姜想起刚才所思,指着那两行诗句问:"二殿下,战事之后,不是本应天下太平吗?为何我听说战后百姓生活更为困苦,背井离乡,遍地哀鸿?"

宇文赞闻言,先深深地看她一眼,尔后轻叹一声:"你倒是想到了这些,没错,父皇恐怕很快就要为如何收拾战后残局而头痛了。战争起时,最艰难的不是朝廷,而是百姓。房宅被烧,钱财被夺,田地被毁……无论战败还是战胜的一方百姓,都逃脱不了这种命运。"

自然,战败的命运是要更悲惨一些,有暴虐不仁的统治者泄愤屠城的,稍好点的也不过将对方的子民视为奴隶,强掳发卖。

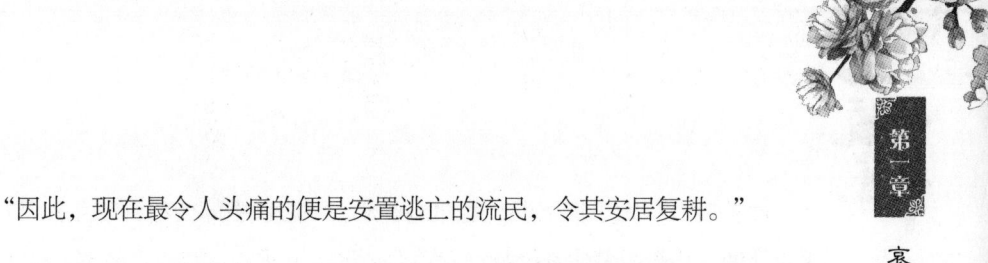

第一章 哀民之殇

"因此，现在最令人头痛的便是安置逃亡的流民，令其安居复耕。"

东宫膳房中，高芷正在将精心准备的茶点摆放整齐，端起了红木托盘。

听闻二殿下造访，妩姜只是将二殿下迎入书房，如此随意简慢，未免有失恭敬。她心里窃想，招待周全些，才会令二殿下觉得东宫并未怠慢，太子也会觉得她处事更有礼数。

抱着献殷勤的心理，高芷喜滋滋地行至书房窗外，却听里面二人在讨论什么战争，什么流民，不由得缓下脚步，心想后宫女官向来谨守勿谈国事之风，也只有妩姜这个不知天高地厚的丫头才敢跟二殿下这般胡说。

她倒不担心二殿下会因此不喜，反倒冷笑着心想，且听听这不通政务的丫头如何胡言议政，最好是说错话惹怒二殿下才好。

结果听下去，尽是一些关于流民的事，听得高芷索然无味。

宇文赞说流民一旦田舍家园被毁，又要面对长期的饥馑灾荒，必然有一部分会民心浮动，发动民暴或落草为寇，无论哪种都是很不乐观的。

高芷心中一动，想起了高枕无忧的太子，此刻还在安然地入梦，想必是没有想到如此长远之处。而宇文赞已在为此忧心，若是由他先在皇帝面前提起，岂不占了先机？

她悄悄退开，半道上随意找了个小宫女，将托盘塞给她，让她送去书房，自己则折去了东宫寝殿。

这会儿过了午睡时辰，太子正慵懒地醒来，睁眼后不见妩姜，先是眉头一敛，随后却看见高芷撩开珠帘，盈盈碎步过来，含笑卷起了烟罗帐。

"太子殿下，奴婢伺候您起身。"

太子见她这般笑意迎人，说话又轻声软语，一时倒也发不出火来，哼了一声，由得她伺候自己更衣起身。

"殿下自平阳一战告捷归京，陛下心里想必欢喜得很，可曾想过这战争善后事宜？"

"善后？"太子顿了下，疑惑地看她，平阳城中即使稍有凌乱，自有刺史平定处理，哪轮得着他来操心？

高芷谆谆道："殿下应是未曾真正见过战后惨况，奴婢幼时曾经目睹过战后的惨烈，深知胜利只是王师告捷的第一步而已，随后而来的田舍被毁、百姓流离、战后瘟疫与饥馑，才是现在更需要陛下操心之事啊。"

太子听得猛然醒悟，没错，这些他全未想到过，经高芷提醒，他觉得当务之急是先去提醒周帝。

高芷见他神情，知道自己的言语已然奏效，含笑系好他腰间玉佩，悄然退开。

太子并不清楚妩姜此刻还在书房招待宇文赞，匆匆离宫去了周帝处。

宇文邕正因灾后重建及复耕之事烦恼，方才上朝时有臣子上奏，平阳晋州两地又有疫情，更添几分心乱，见太子过来，也提不起兴致拿好脸色对他，只冷冷淡淡地嗯了一声。

太子心中的激动之情冲上头脑，完全没有留意宇文邕冷肃的神情，请安后便直言进谏，让周帝考虑灾后复耕及安置流民一事。

宇文邕静静听太子说话，脸色倒是稍稍缓和了些，没想到自幼锦衣玉食的儿子，竟然能想到这么长远的事，也算是长进了。

"依你之见，该当如何？"

太子见宇文邕颜色和悦，心里正欢喜，没料到竟然来了这么一问，顿时僵在那里，眨巴着眼，无言以对。

宇文邕半晌不听他回答，怒气陡然上涌，冷笑一声："似你这般，只知其然，却不知其所以然，又无法解决事情根本，纵然知晓灾后重建，又能如何？难道你认为朕无知到竟然还要你来提醒？"

太子如同被当头浇了盆冷水，没想到献策不成反遭斥骂，被宇文邕劈头盖脸一顿训后，他只能唯唯诺诺，灰头土脸地告退出去。

回了东宫，迎上来的是笑意盎然的高芷，眼中似还闪动着邀宠之意。

太子心头愠怒，一言不发上前，忽然抬腿一脚踹向她，怒喝："你以为自

己献的是良策，还有脸朝本宫笑？"

高芷见他一脚过来，早已蒙了，只来得及倒退两步，仍是被他一脚踹得坐倒在地，捂着隐隐生痛的小腹惊看过去。

太子见她这般模样，心里气倒也消了些，知道是自己邀功之心过盛，没有思前想后考虑周全便去见了周帝，便没再追究高芷的过错，只冷颜斥道："你所知的，不过是些妇孺浅见，哪里能真正解决问题？好了，下去，下次少自作聪明！"

高芷隐约猜到他必是在周帝那里碰了钉子，只不知自己的提醒哪里有错，忍泪诺了一声便退下去。

外头宇文赞自然早已离去，妧姜整理完书房，听说太子去见过周帝回来，便去膳房安排了一下晚膳，厨下递过来的菜单点心名目倒是还合理得当，她看过之后吩咐按单子排菜谱，便又出去照看别处了。

如今整个东宫都是妧姜在负责打理，太子那里没有传唤，她便没有过去，直至忙完了才发现薄暮西垂，已到了晚膳时分。

太子正在殿内发着脾气，冷眼看着满桌几乎未动的晚膳，质问今晚的菜色怎么完全不合他的胃口。

高芷小心翼翼地伺候着，心知他这是下午的余气尚未消尽，拿人撒气。

高芷揣摩着他的心意，一箸菜布到他面前，又勾起太子对她的怒意，太子掀了碗，怒目相视："我都说过这不合胃口了！"

高芷心惊胆战退到一边，瞥了眼上菜的小宫女，见她也在哆嗦，低骂："膳房什么人安排的这些菜，净是殿下不喜欢的？"

小宫女抖得都快哭了，声音细若蚊蚋："奴婢不知呀，不都是殿下平日喜欢的……妧姜姐姐也看过菜单。"

高芷心头一亮，踏上一步，对犹在发脾气的太子轻声道："今晚的菜谱都是妧姜安排下去的，她擅自定夺，竟没照顾周全殿下的喜好。"

太子又看了眼满桌的菜色，荤素搭配，颜色鲜艳，口味清淡，其中主菜有几味确实是他往日喜欢的，可他不爱的素菜也赫然在目，这确实是妧姜的

风格没错,她常会小心翼翼地委婉劝导太子饮食不可偏重肥腻厚重,否则易伤肝郁气。

没等他开口,妩姜恰在此刻进殿,抬眼看见太子的脸色,心知他今日心情又不好。

"今日晚膳菜谱,可都是你安排下去的?"

随着太子冷淡的语音响起,妩姜知他心中戾气触发只在瞬息之间,一个应对不得当,必将招来他滔天怒意。

她微扫了一眼满席菜色,点头应道:"是奴婢安排不得体,未曾考虑周全,奴婢这便下厨去重新做。"

"你?"

"是,奴婢亲自下厨。"

太子目光流动如水,凉凉地在她脸上滑过,不置可否。这种时候,喜怒难测的太子是最令人心头发怵的,除了妩姜,谁也不敢撄其锋。

妩姜退下后,到膳房查了一下食材,迅速写下一张菜谱,边写边吩咐人给她洗菜、切菜、配菜,自己则卷起袖子,亲自动手。

太子口味刁钻,尤其不喜素菜,这素菜的菜色是最难做的,每日为了迎合他的口味,妩姜总要在这上面下许多功夫去配菜。今日轮到她自己下厨,当年在御膳房随秦瑞学的技艺又回到心中。

秦瑞暴躁且挑剔,他做菜不光讲究色香味,对食材的选择也是最严格的。

妩姜只看了几眼,便清楚太子今夜为何会发脾气了,因为之前选用的八宝鸭不够新鲜,显然是昨日杀了挂在那里,今日才做的。天气尚寒,隔夜的鸭并不坏,却失了鲜味。

娃娃菜的叶子有些卷边,显然整株菜都有些脱水,自然不够鲜嫩。料想膳房中人都认定太子向来不碰素菜,觉得马虎点也不要紧,只不过端上去走个过场罢了,没料到太子今日偏偏就从这道上汤娃娃菜下了第一箸。

她叹了口气,只说了句:"以后做菜别光注意油盐酱醋,首要注重的应是食材本身。"

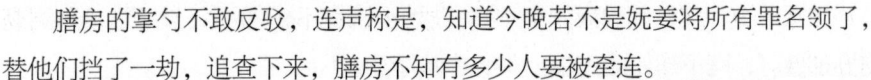

膳房的掌勺不敢反驳，连声称是，知道今晚若不是妧姜将所有罪名领了，替他们挡了一劫，追查下来，膳房不知有多少人要被牵连。

有了妧姜姑娘，太子如今的戾气比从前少多了，可时不时地发作还是令他们心寒胆战。

妧姜做的菜一道道端上去，色彩搭配妙到毫巅，光闻着香味儿便令人食指大动，奈何太子心情不好，一直只冷眼看着，直至妧姜亲自端上最后一盅福寿全，才示意她为自己布菜。

高芷生怕这菜再不合太子的意，殃及池鱼，乐得旁观。

因时间赶得急，妧姜只来得及做了三荤三素一点心一汤，素菜是福寿全、罗汉斋、素锦祥云，荤菜是九品莲池、龙身凤尾虾、凤凰于飞，点心是花开富贵，汤是芙蓉向水。

妧姜布的第一道便是素菜福寿全，原本这里头应当是鲍鱼、海参、鱼唇等山珍海味，她这道素福寿全，里面却是香菇、猴头菇、燕山栗、芋艿、鲜笋、素丸子。

各种蒸煮炸炒的素菜食材，一经她的生花妙手，看起来便与荤菜无异，尝到口中，酥嫩鲜滑，居然也有荤菜的味道。

太子半垂眸，抿了唇回味片刻，又尝了下她布的第二道九品莲池。

这道菜是鱼肉剁成泥，混了马蹄、蛋清、芡粉做成莲苞形状，莲蓬也做得栩栩如生，嵌了粒粒蒸熟的莲子进去。

太子慢慢品着，脸上没有表情，却叹了口气。

妧姜看出他有心事，轻声问："晚膳可还是不合殿下心意？"

太子摆摆手，左右尽皆退下去，包括高芷在内。

"今日我去见父皇，说起战后民生……父皇却训斥了我一顿。"

太子素来深藏心事，这些关乎他颜面之事，更是不会对宫人随意提起，只有妧姜才能听到他直言自己被训斥的原委。

妧姜听完，方明白晚膳之事不过迁怒而已，实际是太子心头抑郁，战后问题困扰于心。

她沉思道:"这问题奴婢也一直在思量,照理说只要拨下款项,命地方刺史办理便可,陛下却如此忧心,多半是因为国库不足。"

太子停箸看她。

"近年来朝廷征战频繁,在战事上消耗颇多,预计银项透支;北方突厥虎视眈眈,不时骚扰边境,随时会发动大规模战事,这方面预计银项不可支取。由此便导致国库空虚,无法支援战地重建。此时朝中短缺的便是银钱。殿下若想为陛下分忧,首要的是筹措银两,募捐赈济。"

太子眼前一亮,道:"募捐?这倒是个好办法,只是那些仕族官宦人家未必愿意。"

"殿下身为东宫太子,众皇子之表率,若带头捐助,旁人岂能袖手?殿下可向陛下提议,百官按品级设限募捐,只设下限,不设上限,且可发动宫中嫔妃皇子捐助。另外,皇家园林有珍奇花卉、木材香料等物,甚至于司库积余不用的贡缎布帛,无不可流通往市场交易。"

"至于灾后重建,安抚流民与复耕土地并不相悖,筹措到的银两发往地方用以修置田舍,开仓放粮先解决饥馑之灾,平阳与晋州两地有大量荒田未垦,若鼓励流民开荒种地,免税五年,其后五年税赋以十税一征收,流民一旦得以安居,必然不会再迁徙作乱。"

妧姜的提议,既可安民,又可垦荒,短期而言可解决目前之危,长远看可作富国之策,听得太子眼中晶亮,不知何时脸上多了笑意。

太子原是形貌俊美之人,只是寡于言笑,又常带冷戾之气,原本一双狭长凤眸便令人凛然生寒,如此一笑起来,眼尾上挑,倒是多了几分温柔之意,眼波也似春冰乍破,漾出波光来。

妧姜知道他心情好转,趁势多布了几道菜,连往日他不爱吃的素菜都咽了下去。

妧姜不知,窗外驻足的二人将她这番建议尽收耳中,惊讶之余相顾而视,都从对方眼中看到激赏之意,正是宇文邕与宇文赞父子。

宇文赞与太子在东宫错过,便去了周帝那里请安,恰逢太子被训离去,听周帝说起太子突然关心起战后百姓民生来，总觉得以其心性突然有此转变，实在令人意外。

宇文赟心念一转，心内有几分了然，却不点破，建议宇文邕前往东宫一问便知。

二人至殿外，正好听到妘姜为太子献策，宇文邕听完一笑，举步进入。

太子与妘姜一见，忙各自行礼，妘姜被免礼平身时，见宇文赟在宇文邕身后朝自己示意，便回眸浅浅一笑，随即垂首侍立。

"刚才妘姜的建议，朕都听见了，一个小小女官能有如此见地，实在不凡。"宇文邕见太子眼神一黯，便加了句："自然也有你调教之力，功不可没。"

太子眼神又明亮起来，脸上掩不住几分得意。

"朕觉得妘姜之计可用，这建议既是你宫中女官提出，便交由你去实施，如何？"

太子立知这是对自己的考验，忙俯身领命称谢。

宇文邕又看向妘姜："你可要赏赐？"

"奴婢先谢过皇恩。妘姜在东宫衣食无忧，若有寸功，都源自殿下往日教导，陛下若有赏赐，当先奖励殿下。"

宇文邕听她毫不居功，既意外，又多了几分欣赏，笑道："赟儿这份差事若办得妥帖，朕自会给他赏赐，至于你的建议之功，则另当别论。"

妘姜实在没什么可求，想了想，心里陡然跳出一念来，俯身道："陛下厚爱，奴婢倒确有一事相求。奴婢自幼读书甚少，见识浅薄，盼望能增宽见识，多读圣典，若能出入藏书阁尽阅天下典籍，便是心中大愿了。"

宇文邕一怔，心想这小丫头不求金银财帛，不求首饰珍玩，倒爱那书籍经典，也是奇怪。虽是掠过讶异，他依然点头允诺："这有何难，朕颁下旨令，即日起你可自由出入藏书阁。"

妘姜谢过恩，宇文邕又与太子说了几句，便起身离去。

宇文赟在身后没有机会与妘姜说话，只向她递了道眼神，含笑赞许。

　　太子送他们出了东宫，折返时笑意盈眸，凌厉的眉眼线条被柔化了许多，坐下吃了几口已凉掉的菜肴，忽然头也不抬地说了句："妩姜，你做菜的手艺，倒是与你的才智一般出色。"

　　"殿下过誉。"妩姜纤纤屹立，清澈明亮的杏眸中淡定如常。

　　太子抬起眼帘，瞥见她的模样，油然生出几许温柔之意："以后不必下厨，你的才能，不应浪费在庖厨之间。"

那日之后,太子开始忙碌,先是以东宫为表率,首捐黄金千两,又将东宫一些不常用的器物捐赠出去,交由司库募资,尔后游说各宫,从帝后嫔妃开始筹措款项。

为示嘉许,周帝将皇家私库捐了不少出去。

随后发动掖庭清点宫中积压物资锦帛,清点御园花植鱼鸟,皇家园林成材木料,皆列了清单给太子过目,运往宫外售卖。

朝中文武百官按品级设募捐下限,以御旨发放下去,百官一听皇室中人皆带头筹资,哪敢不依?都回去乖乖地按清单募缴。

妩姜自获准出入藏书阁后,还被太子恩准减免东宫杂务,每日拨出一二时辰前往藏书阁阅读。

妩姜去藏书阁的目的,首要是查寻与自己身世相关的线索,其次或许可从中查到一些与当年太医施丹阳有关的事迹,所谓拓宽见识,多读圣贤书,只不过是个幌子而已。

柳述作为侍卫,每月总有几日会去藏书阁外轮值,妩姜暗地打听了他值守的日子,特地在黄昏时分,他轮换班次之日过去。

夜间轮值侍卫甚少,站得也稀疏,妩姜从柳述身边经过时朝他投了道目光,便进了藏书阁。

不多时,阁中传来书籍倾覆之声,柳述抢先进去,对同伴道:"我去看看,你在外头守着。"

进去看时,妩姜正在捡拾散落的竹简,他走过去蹲下,一边帮着捡,一边低低与她说话,不时抬眼看她。

妩姜朝他眨眼:"你怎知我是故意的?"

柳述眼底颇有得意之色:"这点小伎俩还能瞒得住我?说吧,又要我干什么?"

妩姜忽而郑重道:"帮我查一查掖庭令的行踪,尤其是在宫外与朝臣的往来,下回你轮值时告诉我。"

"你查这个做什么?"

妩姜轻咬下唇,越发显得唇红齿白,夕阳将她脸上细细的茸毛镀出一层金边,娇俏可人:"等你查了我再细说,今日来不及了,你只说愿不愿意?"

"等我消息。"

正午时分,掖庭令钱积纬懒洋洋地打了个哈欠,总觉得这困意怎么也过不去。

嘴张得最大时,眼里模糊出现了一道窈窕身影,为保持形象,他急急将打了一半的哈欠硬收下去,眯眼看过去,见一个风姿绰约的少女挽着提篮笑盈盈地站在面前,不由得狐疑地想,这女官看来眼熟,倒似在掖庭里待过。

"钱大人,莫非不记得我了?"

钱积纬一拍脑袋,哦哦两声,讶然道:"妩姜呀,真是女大十八变了……找本官做甚?"

妩姜笑着进屋,将提篮中的菜肴酒水一一端上来,摆了满满一张八仙桌,道:"在掖庭时承蒙大人照顾,今日只是谢恩。"

钱积纬脸上有些发烫,却装作若无其事道:"应该的,应该的。"

他知道妩姜如今是太子身边的红人,态度上不敢怠慢,心里却仍有几许得意,心想连东宫的人都要巴结本官,免不了打了几句官腔,大咧咧地坐着,由妩姜替他布菜斟酒。

"你也坐,坐。"钱积纬客套两句,便继续大快朵颐了,心里想这妩姜的厨艺还真是不错,简直比得上御膳房的司膳师傅了。

酒过三巡,妩姜话入正题,问起了自己的身世。

钱积纬正饮着酒,猛然听见这句,连连呛咳起来,不停拍着胸口。

妩姜忙帮他拍背顺气,等他这口气终于顺了,却只听他说了一句:"呃,你的身世……这件事,本官哪会知道?"

妩姜见他眼神闪烁,追问一句:"钱大人当真不知?"

"嘿,你这不是说笑吗?掖庭这么多宫女,本官若能将每个人的身世都搞

个清楚,记在心里,那也不用做别的事了!"

妩姜却展颜笑了,露出浅浅的笑窝来:"妩姜倒是听闻了一些事,钱大人素日与大冢宰过往甚密,在官外时常拜访冢宰府邸,还不时有财物往来……"

钱积纬脸色大变:"小丫头,你胡说什么?"

"钱大人,我记得两年前尚在掖庭时,司库中有方长年无人问津的镇尺,外表毫不起眼,后来清点时不见了这件器物,大人您宽宏大度未追究,反倒叫人在名册上划去了。可不知为何,自打你频繁出入冢宰府后,这镇尺怎么就跑到冢宰大人书房去了?"

钱积纬额上汗出如浆,完全不清楚她究竟从何得知这么多的,慌乱中只得道:"本官想起来了,当年你不过两三岁,不知因何缘故获罪,被遗弃于掖庭……至于其他,本官着实不知,或许你的父母也是罪奴,因罪致死了吧?"

他再看妩姜脸上犹有疑色,忙添了句:"你入掖庭后,是由苏嬷嬷照料长大,或许你可以去问问她。"

妩姜见从他这里实在问不出什么来了,只得谢过告退。

钱积纬见她离去,抹了一把汗,重重靠上椅背,喃喃道:"再查下去可怎么是好……"他用颤抖的手举起箸来,看着满桌菜肴却难以下咽,终是重重地摔了一双银箸,眉心拧成了团。

妩姜走在永巷曲折阴暗的条石路上,脚下的坑洼中积着前几日的雨水,处处透着凄凉和颓败的景象。

苏嬷嬷便住在永巷底的耳房内。

妩姜走到底,抬头看了看眼前,阶前湿滑的苔藓,滴水檐残败的砖瓦,都让她心生疑惑。

踏上石阶,她轻叩着门扉,过了片刻,听见里面沙哑而苍老的嗓音:"谁呀?自己推门进来。"

妩姜推了推,朱漆斑驳的门应声而开,里面黑黢黢的,纵然青天白日依然光线不明，仅有的光线来自一扇朝南支起的小窗，窗下一个鬓发银白的老妇正放下手中的绣花绷子，眯着眼朝她看来。

瞧这模样，她该近古稀之年了，大约因为不能再事劳作，才被发往永巷这种破败之地来度过残年。

"请问，是苏嬷嬷吗？"

老妇点点头："是谁啊？"她显然看出悄然步入的轻盈少女面目十分陌生。

"嬷嬷，我叫妩姜，您还记得我吗？"

"妩……姜？"

苏嬷嬷细长的白眉凝聚成团，似在回忆。

"妩姜啊，当年因获罪被发往掖庭的小宫女，得您照顾的时候不到三岁……"

苏嬷嬷长眉一颤，蓦然睁大眼，有些昏花的眼眸射出清明的光来，上上下下打量她："那个小姑娘呀……还是个奶娃娃，大家都不愿意带，怕费神，是我将她一口米汤一口糖水喂养大的。"

妩姜听得心中止不住激动，握着她枯瘦粗糙的手，连连点头："没错，是我，我来看您了。"

苏嬷嬷抬手缓慢抚摸着她柔嫩圆润的脸颊，感叹道："竟然长这么大了，我都快不认得了！"

"嬷嬷，我有事想问您，当年关于我的事，您还记得些什么吗？"

"当年？哦……造孽啊，两岁的孩子，能犯下什么罪过？也不知你爹娘得罪了谁，害得你也被牵连进去了，小小年纪没有爹娘呵护着，唯一学会的就是伺候人的活计……唉……"

妩姜听她扯得远了，忙道："嬷嬷，您好好想想，我当年跟着您的时候，身上可有什么物件遗留着，您还保存着的？"

苏嬷嬷诧异地看了她一眼，仔细回想着，过了许久才道："算是有些吧……你当年身上穿的衣物算不算？"

她有些颤巍巍地起身,走近屋角唯一的那口红木大箱子,开了箱盖,一层层往下翻着,终于在箱底翻出一个整齐的蓝布小包袱,摊开在桌面上。

小布包里有几件叠得整齐的幼儿衣衫,外衫是娇嫩鲜艳的水红色,里衣是白色锦缎,时隔十余年依然光泽鲜丽,手抚上去触感柔滑,纹理细腻,竟然是云锦。

云锦在当时属于贡品,是极为珍贵的衣料,进贡到宫中后也有不少被赏赐给立功的重臣,也就是说,能穿得起这云锦的若非皇族便定是高官。

红色为尊,民间百姓是不能穿红的,这也间接证明了妘姜的出身绝对不同寻常。

妘姜看着一件件小衣,发现衣衫底下还有一物,拿起来对光看着,见是个七宝璎珞攒花项圈,中间是块光泽瑰丽的雕花琉璃,瞧这款式应是给女孩儿戴的。

《妙法莲花经》记载:金、银、琉璃、砗磲、玛瑙、珍珠、玫瑰七宝合成众华璎珞,是为吉祥之物,有"光明无量"之意。这种贵重且有寓意之物,必然是信佛尊法的人才会给孩子佩戴的。

"没了?"

苏嬷嬷摇摇头:"就这些了。"

妘姜略有些失望,单凭这些,能得到的线索少得可怜,倒是这七宝璎珞必是父母赠予之物,毕竟还能留作念想。

"苏嬷嬷,我可以带走这些吗?"

"本就是你的,你拿去吧。"苏嬷嬷眼中有慈祥之色,拿过她手中的七宝璎珞,摸索着替她戴上。

这种吉祥之物,富贵人家的孩子都能戴到成年,戴在妘姜颈中倒是合适。

她低头抚着琉璃上的玫瑰雕花,仿佛感受到了生身父母的一片怜爱之意。

从永巷离去后,妘姜去了藏书阁翻查司库历年来的记录。

那些云锦既然是她幼时穿过的，翻查司库内云锦出入账的记载，或许会有些线索。

藏书阁内单独有一阁摆放掖庭内司库等处的大事记，连出入账也在其内。这些虽属官中之秘，其实没太大作用，极少会有人翻看。

记载这些的是麻纸与楮纸，纸质犹新，整齐地列在架上。

妩姜翻阅到关于布帛锦缎记载，发现历年官中收到的云锦贡品本就稀少，赏赐给大臣的为数亦不多，根据她自己的年龄推断，应从十二年前查起。

恰恰那年官中的云锦贡品数量颇丰，周帝将它们赏给一些名臣，而水红色云锦，唯有随国公杨坚与大冢宰宇文护得过这样的赏赐。

妩姜看到这里，蓦然抬头，想起战场上曾指点过她的随国公杨坚，清癯的面庞，深邃的笑意……又想起似曾相识的随国公府，一眼望之便觉得亲切的杨广。

她心底某根弦被触动了，手捧书卷发起愣来。

"妩姜！"清朗的声音在藏书阁门口低低响起。

妩姜一下被惊回了神，看见柳述一身玄色衣甲，挺拔颀长的身形立在书阁门口。

"你又当值？"

柳述没有回答，走近了，取下她手中的书卷，发现不过是一段关于云锦的记载，问她："刚才你就是看这个在出神？我唤了几声你才察觉。"

妩姜不知自己出神已经有一阵子，嗯了一声道："是啊，我去永巷找了小时候抚养过我的苏嬷嬷，她将我幼时的衣衫拿给我看，便是这昂贵的云锦衣料所制。"

柳述又翻看了一下，诧然道："你怀疑是十二年前这批云锦？"

"我获罪入宫时，与这时间正对得上。"

柳述沉思片刻，忽然道："你这么一说，我倒是想起一事，传闻十四年前，国师惠远夜观天象，称有火凤降世，惑星犯帝座，会带来横祸，陛下对此深信不疑，颇为忌惮。"

妘姜顿时想起,十四年前,不正是她出生那年?她追问:"那后来呢?"

"此事为皇家秘密,谁能得知?只听说陛下后来处理了此事,便不再流传。我看这事极有可能是坊间传闻,茶余饭后的谈资而已,并不足为信。"

妘姜沉思片刻,觉得这传说虽不足为信,这件事却未必不真。为君者若听信传言,将此事当真,只怕那降世的惑星真会无辜获罪。

"柳述,你帮我翻找一下惑星的记载。"

柳述点头,两个人便分头查找起来。

一连几日,柳述与人调值,帮妘姜翻查藏书阁典藏,却一无所获。

越是翻查,妘姜失望的感觉越来越深,忽听柳述唤了一声:"妘姜,你过来看。"

她闻声过去,见一卷书册中少了一页,从前后日期来推断,恰是十四年前,前后页都是国师惠远日常言行记载。

"居然被人撕去了?"

"只怕这页记载的正是惑星犯帝座的传言。"

妘姜失落地掩上了卷册。

柳述见她心情不好,便想岔开话题,随意道:"对了,你可知清都公主要回宫了?"

"清都公主?"妘姜感觉十分陌生。

柳述便说起清都公主宇文翎自幼体弱多病,被寄养在皇家寺院,如今少女长成,便被接回宫中。

妘姜虽对此事不太感兴趣,终究被他成功地转移了思绪,聊了几句便将心里的失落冲淡了,话题越拉越远。

两个人并肩在书架边坐下,说了好一阵子话。

藏书阁中虽未查到确切线索,妘姜却不是就此放弃的人。

东宫事务操办完,妘姜抽了点余暇往浮屠塔去。

她虽未到过浮屠塔，但这宫中醒目的建筑，远远地总能看见。朝着目标越来越近，连塔铃在风中的清脆响声都能传入耳中，袅袅的香烟飘散在塔前的香炉鼎上空。

肃穆庄严的塔门前，立着两名待客的小沙弥，他们日常多见宫人，对妘姜的到来并不为奇，只听说了她要求见国师的来意，躬身合十道："家师如今不在宫中，看来女檀越是要空走一趟了。"

"国师去了哪里？何日方归？"

"家师方外之人，常年云游在外，何日归期，小僧委实不知。"小沙弥眼神清亮，神色清正，显然不是敷衍之语。

妘姜谢过他们，离去时频频回望，浮屠塔上的塔铃似在风中吟唱，她隐隐觉得自己离真相是越来越近了。

回到东宫，太子面有霁色，主动跟妘姜说起近日安抚流民、鼓励垦荒之事，又说他赈灾之余，照妘姜所献之计，发动了晋州、平阳两地附近乡绅豪富捐赠，将他们的名册载入地方志，又上报朝廷以作嘉奖，很快便解决了银钱短缺的难题。

妘姜见太子振作后情绪上扬，与从前判若两人，也替他欢喜，道："殿下此事可算告一段落了，近日见殿下辛苦劳累，奴婢也甚是难安。"

太子看了眼瑞兽青铜香鼎，里面紫烟袅袅，正是她素日为他而燃，有助宁神安睡的那品香。

他面上冷硬的线条也柔和起来，凤眸中笑意隐隐，道："这事差不多已毕，只待我将收尾事宜处理好，便可去皇家围场狩猎。"

"陛下应允的？"

"嗯。"太子点头。

宇文邕对太子寄予厚望，向来管教严苛，甚少容他放纵闲游，想来此次安置流民的事办得好，才破格准他去狩猎出游。

眼看天气晴好，遍地烂漫之色，草绿枫红，正是出游的好时节，能在皇家猎场纵马驰骋，想必胸襟也会开阔许多。

"你与高芷随侍狩猎,到时候阿赞与阿翎也会去,你先好好收拾一下。"

"是。"

妩姜想起柳述说过的清都公主回宫之事,心想自掖庭出来后,宫中皇族无人不识,倒是从未见过清都公主,不禁有些好奇。

妩姜筹备了几日,让掖庭送了好几套猎装过来给太子备选,又亲去皇家马场挑选了坐骑,让人备了鞯囊弓矢,这才置办妥当。

高芷只在出行前一日,才殷勤地将妩姜挑选的那几套猎装送至太子跟前,请他过目。

太子一眼看过去,淡淡一笑,道:"置办得不错,就这几身吧。你与妩姜可备好了衣装?这去猎场可是要骑马的,长裙不便。"

高芷一怔,她忙着在太子面前讨好,竟没考虑得这么周全。

"让掖庭着人送几身来吧。"现赶着定做肯定来不及了,好在这些衣饰司衣库必然备着。

高芷应声吩咐下去,下午便有人将骑猎衣装送来,太子却让先交给他过目。

高芷不解其意地在旁看着,太子在几身猎装中挑了两身,道:"将这两身给妩姜送去。"

旁边有小宫女应了,捧着太子挑选的猎装走出去。

"剩下两身是你的了。"太子没再多看一眼,起身入了内殿。

高芷死死盯着剩下的两身猎装,脸色慢慢变了,将下唇咬得青白。这两身无论款式、做工、衣料都不如妩姜那两套,最重要的是,那两身是太子亲自挑选的,而给她的这两身,他连看都没看一眼。

行猎之日,秋高气朗,清风送爽。

宫门前的广场上,太子身后跟着妩姜、高芷等几名宫人姗姗而至时,宇文赞一身玄青劲装,乌发束了玉冠,足下羊皮马靴,早已立在辂车前候着。

除了他的随身侍卫外，辂车旁还立着个亭亭少女，梳了个飞仙髻，鬓发鸦青，俏丽的眉眼依稀与太子和宇文赞有几分相似，只是神情冷傲，目光从妩姜、高芷等随行仆婢身上掠过时，半点不做停留，只在看见太子时，眼波柔软了几分，顿足娇声道："太子哥哥，你怎么让我等这么久？"

太子难得温和地笑了一下，看起来对这个妹妹颇为宠溺："阿翎也跟去狩猎，你行吗？"

妩姜心下了然，这华服少女便是清都公主宇文翎，不禁多打量几眼，觉得这公主不但气质高贵，容颜也是婉转流丽，只是神情有些倨傲。

一行人分两拨上了马车，随行侍卫皆骑马包围左右，太子与宇文赞不愿坐在辂车内，只嫌憋闷。清都公主乘坐的是云母车，扶辕时眼眸余光瞥到妩姜也上了马车，微愕地顿了一下，不觉多看了那小宫女两眼，心想一个奴婢竟也敢乘坐天家辂车，太子为何对她如此另眼相看？

妩姜却没有在意，撩开车帘便坐进去，里面一只大铁笼中关着猞猁。它这阵子驯得倒比从前通人性了，只是除了妩姜和太子，依然谁也不认。

"乖，你要听话，回头给你好吃的。"妩姜隔着笼子蹲在它面前，从栅栏之间伸手去抚摸它。

它显然不甘于被困，"呜呜"叫了几声，因妩姜温柔的抚摸而泄了气，如大猫般俯伏在地，顺从地由她摸着。

妩姜撩开马车窗帘，从缝隙间朝外张望，随行狩猎的还有一些出身高贵的世家子弟，杨广竟在其间，无意回头对上了她的目光，善意地朝她微笑一下。

前面马车上，清都公主因专心地盯着妩姜，一时没留神扶稳车辕，手滑了一下，随行的宫女正要抢上去，却有人在她之前扶住公主，托了她手肘一下稳住身形，恭声道："公主小心！"

清都公主的目光便转到他身上，见是个玄衣轻甲的少年，有双清透明亮的眼，正视她时毫无畏惧之意，眼中仿佛跳跃着阳光，乍看有笑意漾过，再看时又觉得端肃，并迅速收了扶自己的手，拱手道："末将失礼。"

"你叫什么名字？"清都公主对他生出几分好奇之心来。

"末将姓柳名述,乃殿前随行侍卫。"

清都公主垂下眼睑,轻提裙裾,由宫女扶入了马车。

云母车以整片云母代纱,经过一些处理后,从内朝外看时,清亮而通透,从外朝内看时,则朦胧不清。清都公主隔着云母窗观望景色,目光掠过柳述在马背上挺拔的身姿,停顿了一瞬。

皇家卤簿有数百人之众,行猎队伍绵长迤逦,声势浩荡,沿途无不避让。

车行不过几个时辰,赶在天黑之前到了京郊皇山下。

皇山脚下方圆百里皆圈为皇家猎场,里面牧草丰盛,繁花星落,不远处青山如黛,山脚是大片绿意幽深的丛林,草甸上蜿蜒着数条玉带般的河流,以及一些散落的小型湖泊点缀其间,犹如明珠。

皇家猎场外围以高墙围堵,墙内各门中散居一些打理草场丛林的猎户和巡守侍卫,皆住在低矮的青砖瓦舍内。

随行侍卫入了围猎场安全线以内,迅速用黄幔将营地围圈起来,就地安营扎帐。

妩姜跳下马车,让随行侍卫帮忙抬下关猞猁的铁笼,没等她的手碰到铁笼边缘,已有一双手伸过来稳稳地托起笼底,与那侍卫一同将铁笼抬下去。

妩姜抬眼,惊喜地唤了一声:"柳述!"

柳述回身朝她笑笑,道:"太子殿下又带着这物做甚?这里可是猎场。"

"殿下还指望猞猁帮他驱赶捕猎呢。"

柳述看着猞猁,想起上回它逃脱的事,见它慵慵懒懒地眯起一双精光四射的眼睛,朝自己低沉地龇牙一吼,下意识地敛了下眉心,内心隐隐觉得这物带来猎场颇不合适。

柳述帮妩姜安置好了猞猁,便帮妩姜安置营地,搭建帐篷。

这种劳力活原也轮不到妩姜这样柔弱的宫女来做,但她向来闲不住,手脚又利落,很快便立好帐竿,开始拉帷帐。

柳述正忙碌,忽闻远处有人唤他的名字,应声望去,见是之前在云母车前随侍清都公主的宫女扶疏,正朝他笑着。

"这位姐姐有何吩咐？"柳述知道她是清都公主近身伺候的，语气客套而疏离。

扶疏笑道："柳侍卫，公主叫你去帮她搭营帐。"

柳述皱眉："我该负责的是巡场守卫，并不是……"忽觉衣衫下摆一紧，是妩姜扯了扯他的衣角。

他与妩姜相处日久，心意有所相通，立即明白她暗示自己不要随意得罪公主，想了想便道："姐姐去回公主，说我搭建完太子这边的帐篷便过去。"

"好，你可快些哦，公主等着你。"

扶疏走后，妩姜才轻声道："公主那边缺人，你还是快去吧。"

柳述心有不悦，瞪她一眼道："就你滥好心，随行侍卫数百，哪里会缺人？何人巡守划分营地，何人安营扎帐，卫队长早安排好了。"

妩姜知道他的脾气，伸手去抚平他的眉心，笑言："别拧你的脾气了，她是公主，上命不可违，你拂她心意总是无礼，万一让人抓着话柄倒不好。"

柳述见她言笑晏晏，气消了一半，捉住她按在自己眉心的手指笑："我去去便回，不值守的时候便抽空找你玩。"

结果柳述这一去便没有回来，妩姜直等到营帐处处灯火，又一盏盏灭去，犹不见他的身影。

柳述去清都公主那边时，已有许多侍卫在忙着搭建营帐，他不过是个可有可无的存在。插手帮了些忙，很快便将公主营帐驻扎好。

他以为这下总得以离去，心想着轮值时间将到，赶回去还来得及找妩姜说会儿话，结果又听见扶疏唤他的声音。

抬眼看过去，见清都公主不知何时倚在营帐门口，扶着帷幔，脸上神情略显冷傲，却只看着他不说话。

扶疏道："柳侍卫，公主让你今夜留下来在咱们营帐外值守。"

柳述霍然起身，拱手淡淡道："恕末将不能从命。皇家猎场所有侍卫都应

当听随卫队长调度,哪些人当守卫哪里,都是太子殿下下了指令再由卫队长分派……"

清都公主突兀地打断了他的话:"我已向太子哥哥借了你做我的护卫,他已允了。"

只一句话,虽然语调淡淡的,却带着无上霸凌之气,令柳述为之气堵,半晌不能言语。

扶疏的笑容里也带了一丝难言的意味:"柳侍卫,今夜你可得好好守在公主帐外,寸步不得离开。"

清都公主看出柳述满心的不愿意,原本那似乎跳跃着星光的双眸,此刻冻结着寒芒,她忽然放缓了语调:"本宫初回皇宫,对殿前侍卫们都生疏得很了,也没个熟识的,心里总觉得没有底,才将你调过来,并无他意。"

柳述心想我与你这金枝玉叶同样生疏,只是公主已经竭力和颜悦色,他不好再冷面相待,便放缓语调应了,心里只想着妩姜不知会不会等他,又会等到何时。

一时间,他心里空落落的,有几分惆怅,指望着妩姜能得闲过来找他。

殊不知妩姜同样脱不开身,等待柳述的希望一点点冷却,还得不时照应着猞猁。

太子在营帐内由高芷伺候着,她虽是百般讨好,举止乖巧,但他始终觉得有些不习惯,走出去看了妩姜和猞猁两回。

不知为何,今夜猞猁格外烦躁不安,似乎野外丛林的气息唤醒了它某些记忆,骨子里的野性全被激发出来,往日慵懒的神情消散得一干二净,琥珀色的眼珠流露出野性的凶悍之色,甚至时不时烦躁地撞击着铁笼,哐哐作响。

帐外的守卫都被惊得撩开帐幕进来察看,好在妩姜一直极有耐心地安抚它,它才稍有安稳时刻,但送来的食物它看都不看一眼,不时发怒撞笼。

太子皱眉守了一会儿,觉得自己的存在反而更引发了猞猁的野性,只能起身离开,对妩姜道:"今夜你便守在这里吧,不用回我的营帐了。"

妩姜应是。

太子走后没多久，帐帘一掀，有人走进来。

妩姜抬眼一看，进来的少年一身银白色软缎便服，足蹬玄色平履，眼含笑意，竟然是杨广。

她意外地朝杨广笑：“杨小公爷为何会来这里？”

同时她注意到了杨广手里提着犹在挣扎的野兔和野鼠，似乎还是刚刚捕猎回来的。

"在营地外的长草丛中意外发现了这两个倒霉的家伙，我就猎来了。想起你和铁笼在一起，说不定需要这些。"

猞猁看见野物，情绪更甚，跳起来将铁笼撞得砰砰作响，甚至令人疑心铁笼会被它撞散。

杨广笑道："你们最近是不是全喂的熟食？"

"不是，全是御膳房买来的生肉，只是宫里不可能时时有活物。"

"所以它才如此暴躁。这种生物别看体形不算庞大，其实野性与猛兽无异，酷爱活食，性喜自由，而且向来孤僻，只亲近一二人。到营地这里，它乍然见到太多人，已经不适应，再闻到丛林草场的气息，更向往自由，你这样关着它，会令它很不开心。"

"可它生性凶猛，攻击性太强了，我不敢随意放它出来。"

"你放心，猞猁可以与人亲近，但只与一两人相亲，一旦它认了你，就会对你绝对忠诚，你可以将它放出来试试，只在这营帐中不会出什么大事，我将野兔和野鼠放了，任它捕猎。"

杨广慢慢退守到门边，手握腰刀，并不出鞘，道："你放心，我会守在这里，不让它跑出去。它现在需要的不是食物，而是释放天性。"

妩姜对他莫名地信任，点头应是，打开了笼闩，将猞猁放了出来。

猞猁一出笼，蓦然睁圆双眼，灯光下更显得熠熠光辉，见到营帐中乱窜的野兔野鼠，"噌"地一声便扑上去，追逐受了惊吓的野兔。

猞猁行动迅捷，进退如电，又极为狡诈，很快野兔便被它扑倒压在爪下，可它只戏耍一番便放开，又去追野鼠。

"它这是在做什么？"虽然猞猁靠近妧姜时便自动让开，避免误伤她，她依然有几分担忧。

"戏耍猎物，它被拘困得太久，压抑了天性，一旦释放总得好好发泄一下。"

妧姜看了一会儿，猞猁很快扑到野鼠后，同样戏耍一下又放开，再去追逐野兔，果然如杨广所言，它更热衷捕猎过程，而非食物。

她偷瞄杨广，越发觉得他眉眼间有似曾相识的亲近。她不知道，杨广对她也有同样的感觉，才以送食物为名来看她。

猞猁在帐中追逐玩耍了一阵,放弃了那两只小猎物,转而向妩姜扑来。

"别动,它不会伤你!"杨广看出妩姜眼中流露的惊惧,怕她因为反抗而被误伤。

妩姜被猞猁闪电般的身影扑倒,好在营帐地面都铺着柔软的地毯,身上压着三四十斤的猞猁也不觉得格外负重。

猞猁将她扑倒后,在她脸上又亲又舔,甚至趴在她身上,毛茸茸的爪子搭在她颈边,却很小心地没有刮伤她,懒懒地眯着眼,像个撒娇的孩子,眼中似乎在期望她的赞许。

妩姜被它舔得一脸黏黏的口水,实在是哭笑不得,见它还一副卖乖的神情,只能伸手去抚摸它的头,嘟囔道:"幸好你刚才没有吃下那只老鼠,不然可真够邋遢的。"

猞猁显然不懂什么叫邋遢,只是被她温柔的手安抚了,满足地将脑袋搁在她胸前,不时去蹭她的下颏。

杨广忍不住失笑:"这家伙昨天洗澡了没有……"

"没……"刚说完,妩姜又被舔了一口,心里有点郁闷,可怜兮兮地看着猞猁。

好容易等它撒完娇,又跃起去寻找它的两只小猎物,这次是毫不容情,将它们撕吃入腹,甚至连地面上的血迹都舔了个干净。

杨广的笑容已经淡去,略皱眉看着这一幕。知道猞猁的习性是一回事,真正饲养又是另一回事。他只是在书籍记载中得知,真看见这血腥的场景时,不免觉得太子实在不该将这种饲养之责交给妩姜这样柔弱的少女。

妩姜走过去,对着猞猁低声哄了好一阵,终于哄得它不情不愿地走进了铁笼。

"明天开始围猎,太子殿下会将它放出来,到时候它一定会很开心。"

杨广想,明日侍卫众多,倒不怕这畜牲脱出樊篱随意伤人,便点头道:"我走了,今晚你要将它关好,我不在的时候不可让它出来。"

妩姜微笑着送他离去,自己的身世之谜又浮上心头,越看越觉得他亲切。

翌日，众人策马驱往猎场，太子与宇文赞都是一身宝蓝色劲装银甲，并辔而立，都如人中之龙。

杨广白衣轻甲，骑着一匹雪白的骏马，显得玉树临风。

清都公主穿了身红色骑装，烈烈如火，缎裤下摆塞进马靴里，看来倒有几分英姿飒爽，一双圆圆的杏眼流盼生辉，掠过众人时转了下念头，道："光打猎有什么意思，不如咱们来比赛一下，博个彩头吧。"

太子看她一眼，虽然也有纵容之意，却显然轻视："咱们？也包括你？"

宇文赞也笑笑。他清楚这个妹妹娇生惯养，骑猎之术向来不擅长，只不知在宫外这些年是否有机会练习。

"为什么不能？我们带上各自的侍卫，太子哥哥、二皇兄和杨广分三组，我……"她的目光扫射四周，手指向侍卫队里玄衣轻甲的柳述："你出来，跟我一队。"

杨广没想到自己也要参与，柳述更是愕然。

太子和宇文赞都没有提出异议，公主一组虽有两人，但她的战力却可以直接忽略。

侍卫们环伺左右，有人牵鹜，有人策鹰，唯独太子身边跟着刚放出铁笼的猞猁，它纤长的四肢落地缓行时，如同一只温驯的大猫。

妩姜不在，它对太子也十分顺从，任由他抚摸自己的头，跟自己说话。

侍卫放松了猞猁颈圈上的套绳，由它跟着太子策马奔行起来。

号角声吹响，猎场里骏马奔腾，烟尘四起，营地里却一片安静祥和，只留下几名侍卫看守四方。

妩姜与高芷的任务是到附近草甸或丛林近处采摘野菌山珍、各种坚果水果，为今夜的篝火晚宴筹备食材。

皇山下有成片的果林，平日也有看守皇家猎场的人打理，果林里枝头累累，果香飘送，又无野兽出没，自然是好去处，高芷抢先道："我去摘果，你去那边林中采山菌。"

妩姜向来不与她多计较，明知丛林深处近山，路途又远，依然是应了。

她挎着提篮进了山林，林边散落着生命力强悍的野花，参天树木间有野菌、猴头、燕窝这些，比较难辨别的就是各种山菌类，许多都是她从未见过的，凭着自己看过的书籍分辨，挑选了安全无毒的捡了一筐。

一会儿妘姜又爬上附近山壁去掏了几个燕窝，刚要爬下来之际，听见山崖下传来微弱的动物鸣叫，听起来不像是猛兽，似在求救。

她循声望过去，山崖下沿小径往深处走有处山谷腹地，因道路曲折，看不见里面的风景。

妘姜小心翼翼地爬下山崖，将提篮挎在手腕上，折了根粗直的树枝拄着，以防谷地里有大型野兽出没。

绕过山壁，道路越来越窄，渐渐只有一条野兽踩出来的小径通往前方，妘姜从荆棘灌木丛中穿梭，寻找前方声音传来之处，忽地眼前一亮，草木芬芳扑鼻而来。

两道夹壁的人字形裂隙后，她见到了那处山谷腹地，里面杂草丛生，野树成林，蔓藤野葛交缠的山壁之上，有道匹练似的银白瀑布自天而降，落到一个清澈如鉴的水潭中，再分流成涓涓山溪浸润植被。

妘姜拨开花木蔓藤，循声见到一道白色身影，讶然辨别了一下，发现竟是一头白色的巨鹿，枝杈横生的苍苍鹿角证明它已经不知多少岁了，雪白光滑的皮毛上隐约散布着一些浅色的斑点，一双温柔驯服的黑眸中透着惊惶，似乎对人类有本能的排斥。

"真可怜，你这是怎么了？"

妘姜放下提篮走近，白鹿本能地想要后退，却因不知扯到了哪里而再次发出悲鸣声，晶亮的黑眸变得温润而潮湿，令她对这头美丽的生物更生怜悯之意。

她扯着纠缠在白鹿身上的山藤，拔出随身携带的匕首一点点砍断，终于发现鹿的后脚踩在一只锈迹斑驳的捕兽夹里，或许因挣扎，更深地陷入了山藤的围困。

"别动，小可怜儿，我是来帮你的。"妘姜看出白鹿的抗拒与挣扎，先

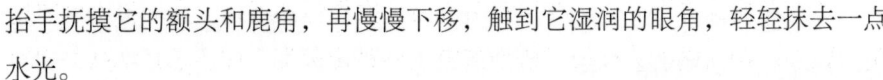

抬手抚摸它的额头和鹿角，再慢慢下移，触到它湿润的眼角，轻轻抹去一点水光。

白鹿慢慢地安静下来，对她的抗拒明显减退。

妘姜拿匕首一根根地割断它身上的束缚，小心去解捕兽夹。

这个捕兽夹其实并不大，应该是打理皇家猎场的猎户们用来猎小型兽类的，被弃置年月已久，恐怕已被人遗忘。白鹿一得自由，立即蹿出了蔓藤交错之处，来到空地上，前蹄屈下，十分温驯地伏在地面上。

妘姜打量它，发现它比自己想象的体格更巨大一些，这是头上了年纪的老鹿。

自古以来，白色的鹿为祥瑞之物，《史记·孝武本纪》有记载：其后，天子苑有白鹿，以其皮为币，以发瑞应，造白金焉。白鹿极其罕见，且有吉兆。

她察看了一下白鹿的后蹄，发现伤口虽在流血，却并未伤及筋骨，便轻拍了下它的脑袋道："你等着，我去给你采些草药。"

她利用之前学过的草药知识，就近采了些止血的蓟草、灰包，又用匕首在山壁上砍下一只犹泛青色的葫芦来，劈成两半掏干净了，舀了水过去。

妘姜先替白鹿清洗了两遍伤口，再将捣烂的草药敷上去，掏出自己的绢帕细细替它包扎起来，柔声道："好了，你可以走了。"

白鹿起身走了两步，看起来伤势并不严重，却只围着她徘徊不去，似乎十分留恋。

直立的白鹿竟比娇小的妘姜还高些，如此庞大的躯体却没有一丝兽类的野性，温润的眸子流露出通晓人性的依恋来。

妘姜抱着它的脖子笑："你舍不得离开我吗？"

白鹿鸣叫几声，望向西方。

妘姜顺着它的目光看去，惊觉西方落日熔金，晚霞烧红天际，天色竟已这么晚了。

她匆匆道："哎呀，我得走了，明日有空再来看你。"她寻了自己的提篮，在山谷中转了几转，发现竟找不到来时的路了。

天色越来越晚,残阳暮日的余晖仅仅绚丽了短短的时辰,因地势低洼,山谷中便提前陷入了昏暗。

妩姜越发找不着那条小径,又听见白鹿的鸣叫,见它缓步朝自己走来,眨着黑眸,心想天色晚了,猛兽蛇虫出没,它受了伤只怕也危险,她还是暂且在这谷中度过一晚吧。

她在潭水边整理出块空地来,用山石在空地周围勉强搭成一圈障碍物,捡了枯柴,砍了些半青黄的藤枝荆条,先燃了篝火,烘着未干的藤枝。又将一根丫形粗枝削尖了,对准潭里的白色半透明的游鱼疾刺过去。

她没有练过,自然是屡刺不中,白鹿在旁仰头咬着矮树上的野果,不时回头朝她看看,又鸣叫几声,似在鼓气。

试了几十次后,妩姜手软眼酸,终于叉到一条大鱼,喜出望外地洗净穿了,放在火上翻滚着,烤至微焦黄的程度。

吃了鱼,白鹿又咬下几枝野果累累的树枝堆在她身边,上面还有青绿鲜嫩的叶子。

妩姜知道是白鹿摘给她吃的,见野果红得可喜,放在潭水里清洗了一下,咬了一口,被酸得眉眼都皱成一团,指着白鹿道:"呜呜,你骗我!"

白鹿屈腿在她身边伏下身,眼里似有笑意,还颇为得意地轻鸣两声。

妩姜笑着拿食指轻点它的额头:"小调皮!"

夜色越发如浓墨般化不开,妩姜拥着白鹿,躺在它温暖的怀中,拨着篝火,竟不觉夜寒露重。

忽地,白鹿睁开眼,灵动的双耳竖起来,警觉地立起身。

妩姜尚未听到任何声息,只朝周围扫视过去,忽然发现杂乱的灌木丛中出现了星星点点的绿光。

她虽无野外求生经验,却在杂书中看过一些记载,知道这是野兽出没的迹象,惊出了一身的冷汗,再一思忖,明白是白鹿身上的血腥气引来的。

绿色的光芒成对逼近,妩姜已能看清那是一群目露凶光的野狼,不由得抱了抱身边的白鹿,咬牙想,她一定要好好保护它。

妩姜当机立断地将所有堆放的柴荆都点燃了，呈扇形摆放在围堆的山石之间，以阻拦狼群靠近，自己则执了一根燃着的粗枝，拦在白鹿前。

围猎场中一天下来，所有人都收获颇丰，连射术不精的清都公主也在侍卫们的帮助下猎到了几头小型兽类，笑逐颜开。

策马回了营地，清都公主第一件事便是嚷嚷着让人清点猎物。

太子和宇文赞自幼学骑猎之术，都颇精此道，没想到杨广和柳述也同样不弱，清点下来，竟然数量相差不大。

其实柳述早在暗中观察，他清楚皇室子弟的心性，狩猎时有意相让，不时留神清点他人猎物，恰巧只比太子少猎了三头，加上清都公主猎得的，倒是胜过了太子。

其后才是宇文赞与杨广，均以两头之数落后于太子，虽说数量接近，但终究定出了输赢。

太子自然是明眼人，听了清点的数目，虽然略输给清都公主，实际却是拔得了头筹。他不会再与自己的亲妹妹去计较这输赢的名头，微笑着纵容清都公主，由她笑着拍掌扬声道："我赢了，我赢了！太子哥哥和二皇兄都输给了我，快说给我什么彩头？"

宇文赞一脸笑意："我那里有什么好的，回宫后你看中了自己挑去。"

太子正要开口，清都公主却道："太子哥哥慢着，你是太子，给的彩头自然要大些，等我想好了再跟你要。"

太子摇头失笑，道："好好，都依你，免得你回宫向父皇母后说我小气。"

清都公主十分得意，偏着脸看向柳述笑道："今日可都是你的功劳。"

柳述一天不见妩姜，对着这娇纵的公主十分气闷，并没有多少笑容，淡淡道："是公主的福荫而已，论射术，末将远不如太子与二皇子，其实是排在最末的。"

正说笑间，忽见安置猞猁的侍卫匆匆来报："殿下，殿下，妩姜姑娘不知

去了何处，至今还未回来！"

"怎么回事？没人知道吗？"太子盛怒。

侍卫嗫嚅不语，忽想起高芷，忙道："高芷姑娘知道，她俩是一同出去的。"

即刻便有人去将高芷唤了过来。

高芷早已知道妩姜未归，起初没放在心上，后来倒是心中窃喜，巴不得她再也不能回到营地。

此刻见了太子虬结的剑眉，才发觉兹事体大，心里有些慌了，听了质问，只得吞吞吐吐道："晨起时我们一同去采摘水果野菌之类，准备晚上的篝火夜宴，她……她去了皇山那边采野菌山珍……是她自己执意要去的……"

太子脸色瞬间发青，厉声喝问："她去了皇山那边？你不知道那里丛林甚深，直通山间吗？是谁安排她去的？"

"是……是武将军让奴婢们去的。"

高芷说的武将军，是此次负责行军护卫的侍卫长，随行侍从的轮值皆是由他安排下去的。

其时天色已晚，营帐内亮起点点灯火，空地上已有篝火熊熊燃烧，人人皆知妩姜一个柔弱女孩儿若留在丛林深山之中，遇上猛兽出没必不能幸免。

宇文赞和杨广的脸色也是极差，柳述更是掉头便去寻他的战马。

"慢着！"杨广制止了他，"天色已暗，皇山绵延百里，就这么盲目去寻，只怕没寻到人天已亮了，我有一法，只是要借太子殿下的猞猁一用。"

"快让人将猞猁牵来。"

猞猁通人性，对妩姜又极亲近，牵来之后，杨广让人寻了妩姜的衣物，放在它的鼻端，又弓身对它道："妩姜是你最好的朋友，如今她不知去了何处，你能不能帮我们寻找她？"

猞猁的眼在夜间显得格外明亮，白日懒懒眯成一线的琥珀色在夜色中发出荧荧绿光来，且随着光线而变幻不定，它低低地发出呜呜吼声，当先蹿了出去。

太子等人忙翻身上马，率众跟了上去。

猞猁足底柔软的肉垫令它落地无声，敏捷的身形快速奔行，众人虽策马追赶，竟然只能勉强跟上。它毫不犹豫地窜入丛林，敏捷的身形上蹿下跳，毫不在意树木的遮挡。

骑马的人却苦了，他们不可能骑着高大的马匹在林中穿行，须得拣着能行走的野径，生怕追丢了。

好在猞猁极通人性，不时回头观看，过了一阵似乎察觉了这一点，便只在道路两旁的树间纵跃。

众人跟随猞猁越追越远，已深入丛林，眼见一道长龙似的火把阵不得不因路径狭窄而放缓，所有人都只能下马，却见猞猁身影一蹿，没入低矮的灌木丛。

随行的侍卫中有打理猎场的猎户，指着猞猁消失的方向道："这里是条兽径，人迹罕至，咱们得小心从道中穿过去。两位殿下当心，两侧皆是荆棘，夜间光线不明，别被刮扯了肌肤。"

他率先过去，拿砍刀清理着两侧的杂草荆棘，"咦"了一声道："这里似乎有人清理过……青草还有被踩踏过的痕迹。"

柳述与杨广当先过去，披荆斩棘，太子与宇文赞紧随其后。

一行人没过多久便沿着曲曲折折的兽径进入了山谷，看见猞猁焦躁地在空地上打转，知道没有寻错。

猞猁见了火光，又纵身朝山涧边蹿去。

在数十支火把的照耀下，众人清楚地看见十余块大石堆成扇形，围着潭边小片空地，有散落的焦黑柴枝，还有一堆已熄灭的篝火。

四下皆是凌乱散落的野兽足迹，按大小与形状判断，是一群同类的野兽，曾试图包围和进攻。

"这是狼群的足迹！"跟来的猎户熟稔地判断，脸色也随之变了。

荒野山谷腹地，一个娇弱得如同花般的小姑娘，竟然遇上一群饥饿的野狼，后果如何，简直是连想都不用想。

柳述冲上前，探了一下篝火的温度，余烬已然冷却，倒是有剔尽的鱼骨掉落在一旁。

他四下打量，发现不远处有一摊渗入泥地的黑色，上前摸了把泥土在鼻端一嗅，浓烈的血腥气扑鼻而来。

柳述瞬间两眼赤红，几乎要滴出血来，再寻找过去，见乱石间还有碎裂的布片，颤抖着伸手捡起，正是妩姜淡绿色的衣角，绣着精致的花纹，似乎还有幽幽余香。

太子与宇文赞不可置信地看着眼前景象，震惊且悲怒。

太子怒喝："散开，四处搜寻妩姜下落，哪怕……哪怕已经……一定要带回来！"

侍卫们举着火把四散开来，到处搜寻，杨广也跟在众人之后走过去。

刚出了山石的包围圈，杨广忽觉脚下踩着了一物，他停顿了一下，举着火把弓身看去，见一件镶金嵌玉之物被他踩得陷了一半在泥土之中。

他回头看时，见太子与宇文赞的注意力都被柳述吸引过去，其余侍卫已在他之前离去，便悄然将那物捡起，揣进了怀里，匆匆离开。

待到与侍卫群散开，杨广才将怀中之物取出来，拿衣角反复地擦了又擦，讶然发现竟然是个七宝璎珞项圈。

这璎珞项圈以金、银、琉璃、砗磲、玛瑙、珍珠、玫瑰七宝穿成，中间大块琉璃光泽流丽，雕着阳刻的玫瑰花瓣纹饰。

杨广下意识地从自己脖颈中摸出个项圈来，低头看去，被磨得明亮光洁的黄金项圈中，正坠着与他手中一模一样的琉璃坠心。

与他戴了十余年的光洁无尘不同，手中那七宝璎珞不但沾了尘泥，光泽还略显黯淡发黑，似乎是尘封了很长一段岁月，才又被人捡起佩戴。

杨广模糊的记忆回到幼年时代，母亲挺着即将临产的肚子，正在灯下精心地制作着一个七宝璎珞。

他好奇地爬上母亲的膝头，问："娘亲你又在为谁做璎珞项圈呀？"

他们姐弟已有四人，每个人都戴着同样的项圈，小杨广歪着脑袋伸手去摸

母亲的腹部："是弟弟还是妹妹呢？"

母亲便抚摸着他的头发笑："这哪知道呀，你是想要弟弟还是妹妹呢？"

"嗯……我有姐姐，哥哥，还有弟弟，缺个妹妹，那就妹妹吧。"

他们兄弟姐妹的七宝璎珞都随身佩戴，从未遗失，那眼下这个……杨广心头一颤，母亲那一胎果然生了个眉目如画的妹妹，却在两岁多的时候失踪，府中上下从此再不准人提起她的下落。

难道……难道这个七宝璎珞竟是丢失的妹妹佩戴的？

那妩姜岂不是有可能就是他丢失的妹妹？

杨广的心揪了起来，蓦然又回想起她追猞猁时闯到府中，清亮澄澈的眸子盯着自己看的模样，那润泽的脸蛋儿，秀长的黛色羽眉，笔挺的鼻梁和粉嘟嘟花瓣似的唇，不经意地与大姐杨丽华的容颜重叠起来。

妹妹，她果然尚在人间，现在却丢了！

柳述犹自不肯放弃，在他心中始终不肯相信，那个千伶百俐，温婉可爱的妩姜就这样葬身狼腹。

他闷着头，不理会太子与宇文赞的呼唤和问话，在篝火旁继续寻找，终于又见着一摊暗黑的血渍，再闻了一会儿，才直起身来，断然道："这不是人血，如此腥膻的味道，应当是兽血才对。"

太子阴霾密布的脸上现出一丝惊讶之色，眉心一挑："兽血？你的意思是……"

"即便是狼群在饥饿时扑到猎物撕碎，也绝无连骨头都啃得干净之理，而且必有血渍渗入泥土。此地只有衣衫碎片与兽血残留，可见妩姜在离开此地时，至少未曾受伤。虽说周围皆是灌木矮棘，无法察看足迹，但我们与其在这里胡乱揣测和悲伤，不如再设法寻找。"

宇文赞红着双眸道："目前所有人已去搜寻了，且等他们回来再说吧。"

山谷方圆不过里许，很快搜寻的人便陆续归来，每个人都是空手而归，看他们的面色显然一无所获。

杨广最后归来，脸色有些异样。

他身后不远处的黑暗中，突然悄无声息地蹿出一道黄色的身影，斑驳的金钱花纹，如猎豹般敏捷。

刚才混乱之中，每个人的注意力都在妩姜的生死上，并没有人去留意这只猞猁，看样子它竟也是独自去寻找了。

杨广蹲身问它："你可找到了什么？"

猞猁不能发出人言，只原地打转，显得暴躁不安。

宇文赞不解地问道："它这是怎么了？"

杨广想了想，起身来回巡走了一番，道："这里皆是狼群足印，四下弥漫着群狼的气息，或许还夹杂着别的猛兽，猞猁的嗅觉受到干扰，只怕因此而无法辨识出妩姜的气息，才会焦躁不安。"

"那该怎么办？"

柳述略做沉思道："继续分头寻找。按灰烬燃透的时间来判断，她离去早已不是一时半会儿，咱们只困囿在这山谷中寻找，必然是没有线索，还是让所有随行侍卫分头寻找。"

他又环顾了一下周围环境，道："有没有熟识这里地形的猎户？找来让他们带路，尤其是沿着这潭水溯流而行，看这山水流向何处，水流最会掩盖气味。"

仿佛为了应景合时，柳述的话刚说完，天上便淅淅沥沥地下起雨来。如此一来，猞猁更无法通过气味来辨别妩姜的下落了。

柳述等人都是心往下沉，心知搜寻之事必须从速展开。

太子看了下天色，道："阿赞你带着侍卫留下，在山谷中与附近再找一遍，其余人随我回营，暂停狩猎，所有侍从分头寻找，直至找到妩姜为止。"

其余人等随着太子回营，杨广带猞猁一队，柳述带另一队，侍卫长第三队，每队皆有熟悉地形的猎户跟随。太子原想亲自率队出去，但杨广劝他在营地守候，一来以他身份之尊怕有危险，二来需要有人守在这里，万一妩姜回来也有人接应。

第三章 呦呦鹿鸣

狼群从四面八方包围时，妩姜手执松香火把，镇定地挥舞应对，企图逼退狼群，不让它们靠近。

乱石堆之间虽架了柴薪，终究有限，在燃烧一阵之后，火势渐弱，便有狼不惧死活地自火头之间的山石上高高跃起，逼近了妩姜。

妩姜虽然挥着火把左支右绌，仍免不了被狼爪扑到，将衣衫刮出道道裂痕来。

第二只狼蹿进石圈，扑向白鹿。

白鹿蓦然低头，发力向前奔去，竟用鹿角拱翻那只狼，跟着敏捷地低头抵紧狼腹向上一挑，将那只狼肚腹最柔软之处拉出一道口子来，鲜血喷洒一地。

妩姜又从火堆里捡了根柴枝，左右挥舞，暂时逼退了自己面前的那只狼，看见白鹿向她纵跃过来，弓身在她面前伏下。

妩姜看了看地上受伤挣扎的狼，血红着双眼又要不顾一切地扑过来，将手中一根燃着的柴枝朝它掷过去，又挥舞手上的火把，跨上了白鹿的背。

石圈外的狼群被血腥之气刺激，接二连三地跳进来，想要朝他们展开合围之势。

间不容发之际，白鹿呦鸣一声，发蹄急速奔跑几步，低头朝迎面扑来的狼直冲过去。

狼生性狡诈，之前已见过它用这招对付同伴，自然不会再撄其锋，一个闪身避开，欲从它身后攻去，没想到白鹿这招只是虚张声势，跟着它腾跃而起，冲过狼群这个缺口，越过了乱石圈，发力朝远处奔去。

天幕中星月无光，夜色浓黑得如同泼墨，不知何时淅淅沥沥地下起了绵绵小雨。

这头白鹿单看枝杈虬结的角，已不知活了多少年，显然比妩姜的年龄大得多，她很是担忧它年迈体衰，后腿又受了伤，只怕奔行不了多久，没承想白鹿身形灵活，遇到障碍时纵高伏低，毫不停留。

而且它显然对谷中路径十分熟悉，在灌木丛中穿梭疾驰的时候，妩姜每觉得前方无路，都能被它走出一条路来。

她往回看时,狼群紧随其后,她便挥舞火把阻碍追击,毕竟在重峦叠嶂之处奔跑,两方都不能竭尽全速,距离始终不远不近。奔行中,不觉已出了山谷,夜雨却越发稠密,妩姜手中的火把终于被雨淋熄。

远处的狼群见有可乘之机,长嗥一声,全力追赶。

此时已到了平地,四野无垠,白鹿纵跃如飞,速度竟不亚于奔马,将狼群渐渐甩开。

就在妩姜心中暗喜的时刻,白鹿的奔行速度以不可察觉之势减缓下来,她吃惊地发现,沿路开始多了点点血迹,落地后瞬间被雨水冲散。

她明白,白鹿的伤口因急速奔行而崩裂了,再奔跑下去势必会越来越慢,早晚被狼群追上。

她忧心如焚,想着白鹿的奔跑速度显然是因为自己才会缓慢下来,如果不是负重,以它的奔行速度应该已经甩掉了狼群。

就在妩姜思考着该如何甩掉狼群的时候,她遥遥听见了水声。雨水击打河面的声音,浪涛汹涌拍打河岸的声音,夹杂在风雨声中隐隐约约。

白鹿在风雨中奔行了没多久,一条奔涌咆哮的长河仿佛由天而至,黑暗中滚滚东去,横亘在他们面前。

妩姜之前虽听见水声,总以为是条窄窄的河流,没想到一眼望去不着边际,又因大雨涨潮,风急浪涌,白鹿纵会水性,也绝不可能驮着她游过大河去。

"往那边去!"妩姜指着方向。

白鹿善通人性,向妩姜所指的芦苇荡沿堤奔行。

堤边不断有白浪翻卷上来,拍打着芦苇,溅到他们身上,仿似人高的芦苇荡在夜间很好地阻碍了狼群的视线,疾风骤雨又阻断了气味,渐渐狼群也与他们拉远了距离。

正在妩姜心中暗喜之际,河中水位越涨越高,将堤上的烂泥冲得滑不留脚,白鹿的速度缓下来,显然它已精疲力竭,难以为继。

忽然之间,它脚下一滑,是堤上一处被涨上来的浪反复拍打,原本就松弛的堤上垮塌下一小块，白鹿失去平衡，负着妧姜跌落下去。

　　白鹿在水中挣扎，虽然天生会泅水，却终究不是人类，无法兼顾妧姜，它在水中沉沉浮浮，水流被激打出漩涡来，眼见着它离妧姜越来越远，只能挣扎着自顾而已。

　　妧姜不会水性，在水中更是拍打挣扎，本能地想要呼救，一个浪头打来，灌得她满口都是水，连声音也发不出了。

　　浮沉之间，她只能随波逐流，心中隐约想起摩煊曾经跟她说过，落水后不可呼吸，要手足并用，保持身体平衡。

　　此时此境，便是水性极好之人也难以为继，何况她只是现学现卖的一点口头知识而已。凭着这点意识，她闭上眼，竭力屏气，双臂胡乱拍打着水面，双足毫无章法地蹬着。

　　狼群陆续赶至，眼睁睁地看着被卷入浪中的妧姜和离它们越来越远的白鹿，终于驻足止步。兽类亦有通灵之智，如此湍急的河流，它们也知道无法安然泅渡，不甘地望着猎物渐渐消失在视线之中。

　　风急浪高的暗夜，河水吞没了一切，连气味都无法留下。

第四章
荒野求生

急雨下了大半夜，才渐渐止歇。

东方泛起鱼肚白时，上涨的河水稍稍落下一线，旭日通红，一点点爬上东山。

清晨最寒冷的时刻，草叶上犹积着昨夜的雨水，从高处的芦苇上滚落的水珠打在草叶上，它因不堪重负而垂落下去，叶间的积水再次滚落，打在一张苍白的脸上。

杂乱的长草被大片压倒，乱草间躺着一名少女，身上衣衫被多处刮破，有些地方已露出如玉的肌肤来，乌黑的长发凌乱地散落在腮边，看起来生死未卜。

挺翘的睫毛微微颤动了一下，像密密的羽扇，似是被清晨寒冷刺骨的露水所激，双眸缓缓睁开。

醒来的一刻，她呛咳了一下，一口浑浊的水吐了出来，她挣扎着翻身，又吐出几口水，才撑着身子坐起。

少女正是昨夜被河水卷入急浪中的妩姜。

她凭着一股意念，始终屏着气顺着浪涛浮沉，直到失去知觉，被湍急水流冲到了河水下游，不知何时又被急浪冲到滩涂上，直至潮水退去，她才得以一息尚存。

妩姜摇了摇头，混乱的思绪渐渐清明，想起了昨夜发生的事。

晨风拂来，她遍体生寒，打了个冷战，站起身来环顾四周，发现自己已被冲离皇家猎场不知多远，视线之内除了冲击着岸边的滔滔长河，便是沿着河水延伸的起伏山峦。

她置身于一片浅浅滩涂，乱石之间杂生着芦苇与长草，极目远望，唯有不远处莽莽苍苍的树林，不见白鹿踪影。

回想昨夜情形，白鹿虽在水中扑打前蹄，却不如她的情形狼狈，她想兽类多半会游泳，它应当平安无事。

她拖着疲惫的身躯往岸边爬去，到林中捡了些柴枝，却发现尽被打湿，只能又回到河岸边，将柴枝铺在石上晒，又找了块平坦些的巨石爬上去躺着，休息恢复体力，任由越来越耀目的金色阳光洒落在自己身上。

好在清晨过去后阳光十分和煦，照得她身上衣衫渐干，渐有了暖意。

疲倦与饥渴共同袭来，妘姜在林中辨别着野果，摘了些有虫眼和鸟啄印迹的果子，通常虫鸟都比人类更懂得分辨，它们吃过的野果都是无毒而且味甜的。

幸好接下去的日子都是天气晴好，妘姜白天凭着日出日落，夜间看着北斗七星来判断方向，日夜兼程地行路，并时刻留意不误入丛林深处。

她发现沿路随水流越往下游，河水越加深了，不如上游清澈，不但难以捕捉到游鱼，甚至连见也不易见到了，只能一路寻着野果和野菜果腹，又用树叶做碗舀水饮用。

到了夜深之时，她为了避免被丛林中出没的野兽所袭，都是寻找数人合抱的参天古木，爬到树丫间休息。

第二天晚上，爬到树丫间时，妘姜忽然感觉到有些不对劲，凭着直觉缓缓转头，见近在咫尺处一条手腕粗细的蛇正昂着头与她对视，三角形的蛇头上有双橙黄的眼，蛇芯嗞嗞地吐着。

妘姜记得摩煊说过，这种蛇必有剧毒，并且绝不能主动进攻，只能等它自己游开。

她不得已与它僵持着，手则一点点游移下去，摸到随身携带的匕首，悄悄握紧。她知道蛇头下正是七寸，可并无一击必中的把握，只能仍旧死死盯着它，等待时机。

也许是对峙太久，蛇也觉得无趣，终于"嗞嗞"地吐着芯子，缓慢地从她身边游开。她用眼角余光瞥着，见它"嗖"地蹿到了另一株大树上，越游越远，这才全身松懈下来，猛然觉得脖子已经僵硬，全身紧绷的肌肉都在发酸。

妘姜呆坐片刻，觉得树上也非安全之地，只能爬下树去，点着一支火把，到处寻找栖身之所。

好容易在一片山壁凹进之处清出小片空地来，她寻了许多柴枝，部分堆叠在山壁凹处，其余的架起来围着空地一圈，生起了火。

　　这回她有了经验,捡来的枯枝多到足以燃至天明,边添着柴枝,边打着盹儿,靠着山壁昏昏沉沉睡去。

　　夜间睡不安稳,每次醒来见柴火将熄,都要手忙脚乱地再添上,终于熬到了天明。

　　好在第三天暮色将至前,她走出了山林,见到了一望无际的平原。

　　妩姜将视线投向身边的河流,这条她一直沿着行走的河流已汇入一条更大的河流,据她走的路线行程来判断,她猜测自己已经到了渭水边,而前方广袤无垠的平原,应该是渭水平原。

　　她边走边观察水流,原意是想在水中寻找游鱼踪迹,没想到渭水浑浊一片,竟然看不清水面一尺以下。

　　浪头打来,水里污浊不堪,妩姜拿树叶作碗,舀了水上来,坐在一边看着它沉淀许久,水才分成上下两层,上层是清澈可饮的水,下层是黄色的泥沙。

　　妩姜边小心翼翼地喝水,边想着渭水是黄河最大的支流,渭水被泥沙石砾污染,岂不是说明黄河上游带来的泥沙,注入了支流?

　　摩煊曾言,黄河上游以山地为主,百川汇流后一泻千里,才形成奔腾万里、气势磅礴的大河。

　　到河流中段流经了黄土高原,若是上游有连日的雨水泛滥,引起水流奔腾,必将黄土高原中大量的泥沙冲入河流,再往下经丘陵,又将这些泥沙逐渐带往支流,最终这些泥沙在下游大量沉淀,冲积成平原。

　　想到这里,妩姜心里隐隐觉得不安,总觉得下游河水高涨至此,绝对不是件好事。

　　走了一段路,她发现了一条清澈溪流,令她惊喜的是,溪中有肥美的白鱼欢快游动。

　　久已未捕获猎物,她决定还是在溪边就近找一处地方过夜,用木叉好容易捕获了一条鱼,生火在溪边烤起来。

　　烤鱼的香味和烟火气飘散出去,她依着熊熊火光,感觉极度困乏,手里的鱼翻转着,即将烤好,她却累得快要睁不开眼,若不是心里还有一丝意识提醒

第四章 荒野求生

她林中危险，几乎能坐着睡着。

突然之间，她感觉手中棍子一重，有股力量往外夺去。

妩姜猛然睁眼，看见一只体形巨大的猫形动物已夺去她穿在棍上的鱼，飞一般往林中蹿去。

妩姜惊跳起来，恼火之余又觉得那动物虽一闪即逝，形如闪电，尚未看清楚便没入丛林，但形貌极像太子的狲猁。

细想觉得不太可能，如此荒郊野外，若不是她眼花，便是产生了幻觉，狲猁别说不应在此，就算在，也该对她亲热无比，如何会夺她的食物？

这样想着，妩姜抓了根燃烧的柴枝，便要冲进林中去追。

刚举步，妩姜看见黑黢黢的林中有道身影走出来，看模样分明是人。

她惊讶地止步，看见那人越走近越清晰，此人一身白衣轻甲劲装，背着弓矢箭壶，俊眉朗目，玉冠束发，竟是杨广。

妩姜疑心自己看花了眼，伸手去揉眼睛，对方的眼中却透出惊喜至极的目光，快步冲上前，远远便唤她："妩姜，是你吗？"

不怪杨广有疑，现在的妩姜实在是有点惨兮兮的，被河水冲上岸后，风餐露宿两天，穿山越岭，衣服早被刮破得不成形，被泥污染得看不出颜色，原本水嫩润泽的小脸上也全蹭了污渍烟灰，之前沿渭水行走，用满是泥沙的水洗过脸后，将脸洗得越发脏了，寻着这条小溪后饿得一心只想着吃，早不知自己变成了何等模样。

"杨小公爷，是我！"

杨广走近，看清了她脸上的泥灰污渍，笑道："我险些以为看错了，小脸怎么成了这般模样？"

虽是笑着，他眼中却不觉湿润了，突如其来的惊喜之后竟然是鼻酸。

他率人奉命找了两天三夜，沿着那条河流直下渭水，又沿渭水溯游寻到这里，时间越久，希望越渺茫，心里的恐慌越甚。

两人正说着，狲猁又如闪电般从林中蹿出来，直扑向妩姜。这家伙完全不顾自己越养越肥，体态向家猫发展，肆无忌惮地拱进了妩姜怀里。

妩姜虽有防备，可还是经不起它的体重加冲力，好在杨广有备在先，扶了她一把，才令她站稳脚步。

"这家伙应该是先闻到了你沿途留下的气息，又在林中闻到了烤鱼香味，就把你给抛弃了，哈哈！"

妩姜就地坐下来，无奈又好笑地抱着在自己怀里撒娇打滚的猞猁："你这小坏蛋，我饿了大半日，你一来就抢我的烤鱼吃，你快赔给我！"

猞猁显然不明白自己刚刚夺人口中食，只睁着双无辜的大眼看她，一脸求人怜惜的邀功神色，显然还觉得自己找到妩姜立下了大功一件，很希望得到嘉许。

它琥珀色的眼睛在火光下流动着荧荧光泽，变幻无方，盈溢着瑰丽之色。

"好了，我看你也别骂它了，它肯定以为那鱼是你烤来喂它的，没想过它的主人和它吃同样的食物。"杨广安抚道。

妩姜也舍不得真的责骂，只抚着它光滑的皮毛，忧愁道："我又得下水叉鱼了，夜间视力不好，不知要多久才能成功。"

杨广看见了水中游鱼，失笑道："这有何难？"

他解下背上的柘木大弓，让妩姜举起火把照亮溪水，"嗖"地一箭射去，便将一条鱼钉在溪水底。

妩姜欢呼一声，刚要去捡，没想到猞猁很不给面子地又猛冲过去，先下嘴为强，将那条鱼叼在口中，"噌噌"蹿回，低头撕吃起来。

"它倒是生冷不忌。"杨广更好笑了。

妩姜在猞猁脑袋上一顿揉："能不能给我留一点？"

然而捕食中的猛兽最是专心，连最亲近的人也不给面子，它只顾与爪下还在蹦跶的鱼搏斗，根本不理妩姜的嗔怪。

"别担心，这溪中游鱼多得很。"杨广安慰妩姜，说笑间又拔箭在手，连珠几箭，每发必中。

妩姜看得惊叹不已，没想到他箭法如此高超，心里既钦佩又艳羡。

两人到水里将犹在扑腾的鱼捉上岸，分了一半给猞猁，另一半穿了，在

火上烤起来。

溪中鱼肥美,猞猁吃了几条也饱了,不再扑上去与妩姜抢夺,慵慵懒懒如家猫一般,伏在她膝上舔她的手指,不时呜呜地叫上几声,声音像小狗呜咽,又像小猫撒娇,软萌得令她心都酥化了。

等待烤鱼的时候,杨广发射了鸣镝报信,听妩姜评述她一路的遭遇,惊奇又欢喜,没想到她如此聪慧坚强。

再看她依然灰渍满面,忍不住伸手去擦,有些心酸地笑:"你这脸,比猞猁都要花。"

这是他第二次说到自己的脸,妩姜终于回过神来,伸手在脸上抹着,不料将手中刚举过火把的黑灰抹上去,更像花猫了。

"别再抹了,去溪水边洗洗吧。"

妩姜有些羞赧地举了火把去溪边照映,"啊"了一声,才看见自己脸上满是污渍泥灰,又多了几道刚抹上去的炭黑。

她插好火把,掬了水清洗着脸,回头时鱼也烤得差不多了,接过来顾不得烫,狼吞虎咽吃着,水润的脸颊鼓得圆圆的,一边咝咝有声,一边撕着鱼肉放进嘴里。

"慢点,别烫着!这溪中的鱼刺多,小心卡着。"杨广充满怜惜地看她。

妩姜抽空抬起清亮的眼睛,朝他一笑,圆圆的眼便弯成月牙儿一般,煞是可爱。

杨广越发觉得她笑起来神似长姐丽华,便从怀中摸出七宝璎珞,试探着问她:"那天你遇上狼群后失踪,我们在山谷中到处搜寻你的踪迹,我便找到了这个……可是你的?"

妩姜停了停,澄澈的眼中满是惊讶,伸手去接:"是啊,这是我颈中掉落的,当时被狼扑倒,闪避逃跑时掉落的,后来再也没有机会去捡,这几日来一直为此郁闷,没想到被你捡到了,谢谢。"

果然是她的!杨广心中一阵激动,忍不住又追问:"你是从何处得到此物的?"

"这本来就是我的呀!"妩姜奇怪地看他一眼。

"你一个小宫女……我的意思是,如此珍贵之物,不会是宫中哪位贵人赏赐你的吧?"杨广小心翼翼地试探,婉转询问。

"嗯,不是。"妩姜吃着鱼,口中含含糊糊道,"是掖庭的苏嬷嬷给我的,她说是我自幼就戴在项上的,幼时我不知为何,被父母遗弃在掖庭。她猜想,应是我爹娘犯了事,而我同被获罪,因年幼才被发落到掖庭,当时我除了身上的云锦衣衫,就只有这个了。"

杨广闭了闭眼,生怕眼中温热的液体冲出眼眶,问道:"那时候你多大了?"

"苏嬷嬷说我三岁不到。"

杨广确信无疑,一声妹妹几乎便要冲口而出。

他定了定神,想起妹妹失踪后,爹娘的态度十分奇怪,虽然娘时常落泪悲叹,却只敢偷偷背着人伤心,一旦他问起,娘总是慌乱的什么也不说。

当年妹妹那么小,便无故失踪,府中上下不但禁言此事,爹娘也不派人搜寻,此事一定另有缘由,若贸然说出口,与她相认,只怕会对她不利。

杨广决定回府后一定要向父母追问个究竟,此刻却不便对妩姜说出真相。

林中传来搜寻的步伐声,火光隐隐晃动,有人影走近。

"在这里!"杨广高呼一声。

不用他说,侍卫们已经看见溪边熊熊的篝火和袅袅炊烟,自林中蜂拥而至,见了杨广恭敬地行礼。

"天色已晚,我们便在溪边驻扎营地吧,明日天亮再启程。"

杨广吩咐下去,立即有人就地扎营安帐,妩姜一人分得一顶小帐篷,抱着狳狲睡在温暖的帐篷里,才感觉到倦意袭来,整个人一旦松懈下来,四肢百骸都如同散架一般松软,她几乎没多久便陷入了沉睡。

狳狲如今乖顺得令人难以置信,原先野性和嗜血的一面都收敛起来,像只被驯服的大猫,舔着妩姜的下颔,拱着她入睡。

翌日清晨,杨广从旭日初升等到霞光万丈,依然未见妩姜起床,不禁诧异起来，这可不像她的行为。

　　他想了想，决定还是亲自去她帐中看看。

　　刚到帐幕口，杨广就看见猞猁探出脑袋来，朝他龇牙低鸣了一声，过来咬他的衣角。

　　杨广觉得不对，撩起帐门进去，见妩姜整个人蜷在被褥内，满头青丝如缎般散落在外面，双眸紧闭，长长的睫毛羽扇般翕动，呼吸有几分急促，隐约看出娇嫩的颊边泛着潮红。

　　他伸手一探，只觉得炙烫惊人，不由得低呼一声："发烧了？"

　　妩姜被他微凉的手掌抚摸着额头，朦胧中感觉有些惬意，低低嘟哝了一句什么，杨广俯耳仔细去分辨，却听不清。

　　他只得轻摇妩姜的身体，她被摇得半醒不醒，有些混沌地睁眼看一下，又无力地合上。

　　杨广知道，她秋凉时节落入水中便受了严重的风寒，这几日风餐露宿，又饱受惊吓，夜间还时刻不得安眠，之前全靠坚强的意志在撑着，昨晚一旦放松，疲倦全袭上来，身体自然也放松了抵御，才到这时发起高热来。

　　他匆匆出去，拿布打湿了溪水，进帐替妩姜擦拭着烧得绯红的脸和脖子，再将打湿的布敷在她额头上，反复折腾了许久，她额上的热度才稍稍退却。

　　妩姜一直感觉到有人在细心体贴地照顾自己，朦胧中以为是柳述，又觉得不像，待终于无力地睁开眼，才看见杨广模糊晃动的容颜渐渐清晰起来，眼中满是担忧。她竭力想笑一下，泛白的樱唇却因干裂而渗出血点来。

　　杨广拿湿布擦拭，润着她的唇，轻声唤她。

　　"哥……"妩姜下意识地唤了一声，总觉得莫名亲近。

　　杨广没有听清，凑近了问："你说什么？"

　　妩姜终于有些清醒了，完全睁开眼来，朝他强笑一下："没……没什么，我是受了……风寒吗？"

　　杨广点头："你病得不轻，晨起一直发烧，说话含糊不清。我有心想在这里停留让你休息，却怕会耽搁你的病情，你还能动吗？我扶你上马，早日回去

与他们会合,好回宫中找御医给你瞧瞧。"

妩姜点点头。她身体一向不错,即使前几日时时觉得快要支撑不住,都还是顽强地坚持下来,这点风寒打不倒她。

她撑着发软的身子,有些晕晕乎乎地起身,杨广扶着她,并不避嫌,她也感觉十分自然,好像本来就是一家人一样。

出了营帐,外面早有侍卫烤好了鱼,还炖了野山菌冬笋汤,妩姜吃不下鱼,只少少喝了点汤润了唇,便由杨广扶上马,拔营起程。

杨广因担心妩姜发烧后无力,便与她共乘一骑,控制着马缰不让马匹跑得太快,因此耽搁了些行程,直至天黑才抵达京城城门口。

之前已有斥候去报讯,搜寻妩姜的几支队伍已经会合,众人都等得焦急。

遥遥听得马蹄声响,远望尘土飞扬,太子心中有些激动,策马上前了几步,虽然竭力控制情绪,眼中喜色依旧难掩。

高芷偷眼稍觑,心里有些发虚,只怕妩姜回头告上一状,说是自己差遣她入深山摘野味山珍。

当先一骑是杨广,身前坐着妩姜,因之前褴褛的衣衫有些无法蔽体,又脏得看不出颜色,已换了身宝蓝色软缎便服,银白色腰带束出纤腰。

柳述与太子一般心情激荡,控制不住地策马上前,碍于身份不能过分亲近,眼睁睁看着杨广扶她下来,朝这边走来。

妩姜朝他浅笑一下,才去向太子施礼,请罪道:"奴婢一时不察,误入山谷腹地,被狼群围困,以至于劳殿下费神寻找,又打扰了二位殿下与清都公主狩猎雅兴,还望恕罪。"

太子亲手去扶她,唇边难得泛起笑:"人没事就好,狩猎这种娱兴之事,将来有的是机会。下次再有这些事,你不可亲身犯险,即便是皇山也同样有猛兽出没,哪能说安全?"

宇文赟也道:"说得是,我们已训斥过武将军了。"

"跟武将军无关,是我自己不识路,不慎迷路了。"妩姜忙道。

清都公主被扰了猎兴,这几日原已满腹牢骚,又见所有人众星拱月般围着个小宫女嘘寒问暖，心里更不耐烦，极不痛快地抬眼一看，柳述不知何时远离了她身边的侍卫队，策马离妘姜极近，虽然没有如太子和宇文赞一般上前宽慰，可眼中忧喜交织，情绪激动不亚于他们。

清都公主心头一震，更是不快，心想这小奴婢难道有什么特殊的出身不成？她低头便向身边宫女询问，却一无所知。

高芷远远听见清都公主低声垂询，心中微微一动。

太子听杨广说起妘姜身染风寒，又见她颊边染着潮红，眼下青黑，唇色苍白干裂，忙令她上了辂车，让随行御医过去察看。

狩猎仪仗所带的日常药材一应俱全，御医诊了片刻便开了剂药方出来，回了太子。

太子策马到马车窗外，看妘姜服下药，才略觉安心，吩咐众人启程回宫。

柳述在启程后，才有机会策马与妘姜的辂车并行，她坐在车中卷了车帘，与他低声说话。柳述心里担心无比，问了几句，听她说起山谷中的遇险和一路的艰辛，忍不住便埋怨几句。

他不擅长温言软语哄人，即使是这样担心的时候还是斥责的口吻多于安慰，妘姜却看穿了他嘴硬心软的性子，只笑着不反驳。

他看她笑得慧黠，眼中有灵光闪动，心便软了，叹口气道："你就是这样不懂事，总叫人牵肠挂肚。"

实际心里却埋怨她太过懂事，任何情况都为他人着想，明知高芷自私，选了果园摘果的简单任务，让她去远途跋涉，才致遇险，却自己承担了一切。

两人低声言语，柳述见众人不留意，伸手去探妘姜的额头，确信烧已退了，又吩咐她记得服药。没等她回答，旁边突然探出个毛茸茸的脑袋来，是猞猁自她怀里钻出，琥珀色的眼盯着柳述，眼神不善地咧了咧嘴，低鸣了一声，似乎嫌弃他占用了妘姜太长时间。

柳述一怔，颇为不满："关心你的人太多，连这小家伙都来与我争抢。"

妘姜忍不住笑得乱颤，低头轻拍猞猁的脑袋，道："你看，有人比你还凶呢。"

狻猊似乎听懂了，又圆睁了眼低低鸣了一声，瞳仁聚成一点，颇显凶相。

柳述忍不住也笑起来。

无人留意到清都公主一直透过后车厢的云母装饰冷眼看着他们，与狻猊一样，瞳孔渐渐收缩，眼神冷下去。

清都公主收回目光，撩开辂车前厢布帘，遥遥唤太子靠近，盯着他道："太子哥哥可记得与我的赌注？"

太子略一怔才想起来何事，那种儿戏之约，他并不放在心上，随口问："你想好要什么了？"

"我就要你那个小宫女——妩姜。"

太子十分意外，盯了她一会，总觉得她的神情不似玩笑，才道："你是说笑还是当真？"

"自然当真。"清都公主心里十分不耐烦，以前太子哥哥可是很疼爱自己的，就算没那个赌注，也该一口允准。

"不行。"太子断然回绝。

清都公主一时气结，圆睁了美丽的杏眸，不悦道："太子哥哥可是答应我要什么都行的！"

"你几时说过你要活人了？东西随你挑选，改日去东宫自己看。"

"区区一个奴婢，又算什么东西？"

太子的脸色沉下来，他原本性情就有几分暴戾，虽然对妹妹极少施以脸色，清都公主到底还是清楚他的脾性，知道这是他怒意即将爆发的征兆，只得重重哼一声，拧着秀眉，极不开心。

清都公主心里越发不悦了，她不敢与太子计较，暗自将怒气全泄在妩姜头上，心想这出身微贱的丫头不知有何魔力，连太子哥哥都不再疼自己了，暗自咬牙想着，早晚要她好看。

因太子吩咐，车驾前行缓慢，妩姜得以躺在车厢闭目休憩。狻猊就趴在她怀里，懒洋洋地待着。

自从在围猎场中，妩姜将它放出铁笼后，它就不愿再回到笼里，反而是趴在妩姜身上格外自在，既不会烦躁地朝人龇牙，也不会再伺机逃跑。

妩姜觉得杨广的建议不错，所有生灵都需要自由的天地，猞猁这种由自然赋予了野性和生命力的猛兽更是如此，铁笼的拘禁不仅会令它烦躁，还会令它丧失天赋和灵性。

所以她向太子请求不再用铁笼关押它的时候，太子虽犹豫，但还是允诺了，看她怀抱猞猁的样子，它就像只温驯的大猫，他心里倒是安逸了不少。

回到宫中，妩姜吃了几剂药，身体也好了，便又抽空去藏书阁翻阅。

太子偶尔心情好，会调侃她如今"博览群书"，怪不得野外求生经验十分丰富。

妩姜总笑而不言，自然不敢让他知道真相。

然而翻遍藏书阁旧日的记载，也不见妩姜想要查的真相，渐渐地她便有几分无奈了。好在藏书阁里书籍浩如烟海，她看着看着也入了迷。

过了黄昏，妩姜便一直倚着书架一角而坐，身边堆了一摞书册，她翻阅得忘了饥渴，自然也没留意一弯眉月已上树梢，皎皎月光洒落在书架之间，她蹙眉看着，觉得有些吃力，想要起身去点盏油灯，抬眼就看见柳述穿着值守侍卫的服饰走进来。

妩姜嫣然而笑："你值夜啊。"

柳述哼了一声："就知道你还在这里没走，都什么时辰了，你还能看得见？"

他放下手中的提篮，打着了火石，点亮书案上的油灯。

"是有些看不清了，好在廊下有灯，月色也不错，还勉强能看。"

柳述抬眼看了看廊下飘荡的几盏风灯，摇头道："你就差凿壁偷光、囊萤映雪了，是不是到现在还没吃饭？"

说完便听见妩姜的肚子发出"咕"的一声，她眨巴着眼，伸手去摸腹部，讪讪一笑，咬着下唇踮脚去看他食盒里的东西。

柳述将提篮里的食物一层层拿出来，有精致的小点心，还有香浓的碧玉粳米粥。

妩姜迫不及待地抓起一块桂花重阳糕,"哑哑"地吹着气,左右手轮换着,烫得嗷嗷叫也没舍得放开。

柳述咬牙瞪她,伸筷去抢过来,在她手上打了一下:"你翻了那么多书,洗过手没有?也不嫌脏!"

妩姜吐了下舌头,两人席地坐下来,柳述夹着重阳糕,想让她小口咬着,她却三两口就吃了个干净,差点将他手指头也吞下去。

柳述皱眉,她这狼吞虎咽的吃相也……还是有点可爱。

等她吃了好几样,才满意地叹了口气,柳述问道:"你是不是还在查你的身世?查得如何了?"

妩姜迟疑片刻,伸手摸了摸颈间的七宝璎珞,终究还是没说什么,只摇了摇头:"藏书阁里已经没什么线索了,我来这里就是为了看书。"

柳述有些诧异,感觉她语中有未尽之意,但她既然不说,总有她的苦衷,也不再追问,拿过她看的书卷翻了翻:"你越来越有文化了,连《春秋》都看。"

"书中自有颜如玉,书中自有黄金屋……"妩姜吐了吐舌头,俏皮地说。

"书中有包子还是有糕点?那刚才是谁饿得差点连我的手指都吞进去?"

"啊……这个……"

柳述笑着将书又塞进她手中,道:"我出去了,还得值夜呢,你早些休息。"

他收拾完提篮,听不见她回答,回头一看,她已经认真地捧着书卷,似乎又陷入了书中天地。

柳述又好气又好笑,走过去伸指轻点下她的额头:"你这书虫!"

"啊?"妩姜茫然抬起小脑袋,一脸迷糊又可爱的神情。

藏书阁外,两个华服少女姗姗而来,当先的身着杏色百蝶穿花袄衣,神情略显倨傲,模样娇美,她身后的少女则着蛋青色广袖上衣,赭色绣百裥裙,绣花鞋上一只茸茸的毛球颤颤的,看着俏皮可爱。

两人后面则跟着三四名宫女。

第四章 荒野求生

藏书阁外的守卫拦在二人面前，客气地道："对不起，藏书阁没有陛下手谕，不得进入。"

"瞎了你的眼，不知道我是清都公主吗？"清都公主被他拦住时已心生不快，如此不给她面子，偏偏身边跟着的还是她的手帕之交富平公主崔絮，令她面上十分挂不住。

崔絮是固安县公崔猷的女儿，崔家深得宇文护器重，便收了崔絮为义女，并册封为富平公主。

偏偏这守卫十分年轻，初调任至此不过一年，先时竟不知对方是公主，只是见衣饰华丽，知道身份尊贵，怠慢不得，听清都公主自报家门后，心里更叫苦不迭，表面还是赔了笑容低声下气道："不知公主驾到，然而藏书阁禁令……"

清都公主不想听他废话，只觉得要在富平公主面前挽回些面子，径直从他身边走过去。

守卫额上汗珠滑落，眼睁睁看着两位公主身后的宫女也跟着走过来，又不能出手阻拦，怕触碰她们千金玉体，心里越发惶急，暗想柳述这是去哪儿出恭了，这么久也不回来，只怕这二位金枝玉叶进了藏书阁会生出什么事来，那可就糟了。

富平公主走过之后，轻笑道："阿翎，你瞧你多年不回宫，便连这样低级的侍卫都不认识你了！"

清都公主虽与她是手帕之交，但相互之间有时难免暗自较劲，听她这话，知道是取笑自己，又碍着她的身份不能过分了，只得淡淡道："新来的而已，换个熟脸的，哪敢如此放肆？不必与他计较了。"

富平公主笑笑，也不再得寸进尺，两人言笑风生地走进了藏书阁。

里面柳述刚与妩姜话别想要离去，便听见少女笑语声，一惊之下来不及思索，一个纵身翻跃上横梁，伏身在暗处。

"你说的那个出身微贱的小宫女，便待在藏书阁？"

清都公主将声音压得极低："嘘，轻声点。"

富平公主柳眉轻扬，眼神颇为不屑，道："难不成你还怕她？"

清都公主白了她一眼，轻声道："这可是皇家藏书阁，你确定里面只有她一人，而没有别人？"

富平公主忙收敛了神情，悄声问："天色已晚，她也许不在了呢，听见我们说话也没见人影。"

清都公主哼了一声，当先踏进门槛去。

回宫后她已命人查清了妩姜的底细，又让宫女暗中打听过，每日妩姜必会来此，在阁外又见到里面灯火摇曳，之前还有身影憧憧投射在窗纱上，哪能不是她？

柳述藏身梁上时，妩姜同时听见了动静，她却没办法像柳述一样飞檐走壁，只得放下书卷，待见两位公主进来，忙起身盈盈屈身行礼，唤了声清都公主。

随后她迟疑了一下，不知如何称呼清都公主身边的少女，心下暗自揣测她的身份。

没等妩姜转过心念，清都公主已替富平公主自报了家门，然后寻了张椅子坐下，扬起俏脸，看也不看妩姜一眼："去，替我寻几本书。"

妩姜一怔，这二人明明带了几名宫女，却使唤自己去寻书，显然是在刻意为难自己。她并没有说话，只默默记着清都公主报的书名，走去书架前按书目索引一一查找。

清都公主为了为难她，书目报得又急又快，有些还是冷僻书籍，妩姜虽记忆过人，也要边查找边默想，好容易将那几册书抽出来，一一摞起，抱着去复命。

书高得堆叠过妩姜的半边脸，她小心翼翼地将书放到案上。

清都公主看也不看，只抬了抬下颌，示意随侍宫女去翻看。

小宫女上前将书册一一摊平，回报清都公主。

"找错了。"清都公主不紧不慢，淡淡道，"我明明说的是《春秋公羊传》，不是《春秋谷梁传》，是《尔雅注疏》，不是《论语注疏》……"

妩姜听她轻描淡写地便将自己寻得的书籍大多推翻，只能抿了唇不作声，听她训完了应声再去寻找。

翻找的时候，妩姜在书架后听见清都公主窃窃的笑声，似乎心情愉快地与富平公主耳语些什么。

她深吸了口气，越发清楚清都公主是故意捉弄自己，虽不知是何时得罪了这尊神，但已知道今日不能善了。

妩姜再次出来时，又是捧了几乎半人高的书卷，小巧玲珑的脸庞涨得通红，额上明显有细密汗珠渗出。

小宫女上前翻看过，再朗声报了书目，清都公主口角挂着一丝讥诮的薄笑，听完后道："哎哟，我想起来了，我要的应该不是这几本书，而是……"

"对不起清都公主，妘姜虽是区区奴婢，职责却非看管藏书阁，而是隶属东宫。公主殿下既带了随侍之人，还请让她们帮您寻找，时辰不早，奴婢还需早回东宫，免得太子殿下责罚。"

清都公主"唰"地站起身，眼中跳跃着怒火："区区宫婢，竟敢违抗本宫命令！"

妘姜不予理睬，朝她躬身施礼算作告退，举步便要离去。

清都公主轻咬下唇，举袖将案上一摞书全扫落在地，又噔噔几步走到书架边上，用力推倒，冷笑道："死丫头，人人皆知你每夜来藏书阁翻阅，我倒要看你这回如何交代！"

妘姜听见沉重的书架倒下的声音，蓦然回身，正见后排书架压倒前排，再往前一一压倒，架上所有书籍全部翻滚落地，一时响声大作，连绵不绝，整间藏书阁凌乱不堪，甚至还有许多竹简古卷。

"公主殿下，你这是做什么？"妘姜心中异常愤怒，脸上却依然平静，不卑不亢地抬眼看她。

"明日父皇便会知道，这些全是你做的，看太子哥哥还怎么维护你！"清都公主指着一地书卷和层叠着轰然倒下的书架，脸有得意。

妘姜安静地看着她："所有人都看见，这些书架是公主殿下推倒的，难道还能指鹿为马？"

"你……"

"阿翎，不过小事而已，不必如此。"富平公主上前，柔声细气地劝慰，轻扯清都公主的衣袖。

她又回身对妘姜道："你放心，我会好好劝说阿翎的。"

妘姜见她神色温柔，举止娴雅，心里气倒消了大半，又知她身份非同小可，便也向她行了一礼道谢。

清都公主心头更气，冷笑着说道："絮儿，你快让开，等我教训这无礼

的丫头！"

"阿翎……"

富平公主见劝阻无效，柳眉微敛，轻跺了一下脚，摇头叹气。

清都公主扬手朝妩姜粉嘟嘟的脸颊上挥去，怒意溢于言表："敢与我顶撞，不好好教训你一下，不知道宫中尊卑！"

她扬起的手腕忽然如被生铁所箍，一只不知何处来的手牢牢握住她腕部，竟令她分毫不能再移动。

清都公主讶然地循着手抬眼望过去，看见一身值守侍卫服饰的柳述脸沉如铁，冷冷直视她，清秀俊逸的脸上再也没有跳跃着阳光的笑意。

清都公主见竟是柳述，又看他身上服饰，分明今夜也在藏书阁外镇守，刚才却不见人影，这会儿突兀出现，必定是刚才藏身于阁内，见妩姜有难才不顾一切现身，甚至顾不得自己会被责罚。

柳述在梁上将一切尽收眼底，原想着自己现身只会将事情弄得更糟，又因擅离职守难免受到责罚，于是一忍再忍，没想到清都公主变本加厉，竟不顾自己尊贵的身份，对一个小宫女出手责打，实在无可忍耐才跳下来阻止。

清都公主心情极其糟糕，本就因为柳述对妩姜的关心而恼怒不已，见他如此维护，心中所有的委屈刹那间全都迸发出来，咬牙含怒道："你给我松手！你区区一名侍卫，可知如此对待公主，是无礼之举？"

柳述横眉冷对，毫无畏惧之色，道："公主也知道自己是天家贵女，那就更该自重身份，无故栽赃一个小宫女，还对她出手，难道不觉得有损颜面？"

"你……你……"

清都公主这一生从未被如此忤逆过，气得用力甩开他的掌控，眼中盈盈含泪，举目看向身周。

富平公主脸上似有慌乱之色，对上她的目光，一触即垂下眼睑，退了一步，看来是绝不可能出言相帮了。

清都公主只能吩咐自己那几名宫女，恨恨道："你们还不上前，按住那死

丫头,给我打!"

宫女们不敢怠慢,应声就要上前。

柳述身形一闪,也看不清他如何出手,几名小宫女就各退了几步,有一名还险些踉跄摔倒,脸色不由得发白。

"谁敢动她?"

柳述长眉轩起,凤眸凛然生威,神情势不可当。

妩姜过去轻扯他的衣袖,低声道:"我没事的,公主不会把我怎么样。"

清都公主却是个蹬鼻子上脸的,闻言非但不收敛,反倒冷笑:"不会把你怎样?我倒是要看看,东宫一个奴婢有多大的面子,我今日偏要好好惩治你,难道太子哥哥还会为你出头不成?"

她亲自走上前去,对柳述的维护越发无法释怀,含怨瞪他:"你要是还知道好歹,便给我让开!难道你连尊卑上下也无所顾忌了?"

"位高者不自尊,就莫怪我以下犯上!"柳述神情冷漠,毫不退让。

"你……"清都公主气窒于胸,却将一腔怒意都转嫁到妩姜身上,总觉得是这小宫女挑唆了柳述,才会令他如此忤逆自己。

她重重一推柳述,身后的小宫女一拥而上,就有人抓住了妩姜的肩臂。

柳述目中一寒,眼看一场混乱必将不可收拾。

"都给我住手!"一声清朗的呵斥自藏书阁门外响起,匆匆步履声伴着衣袂微风踏入。

宇文赟一身深蓝色广袖褒衣,玉冠束发,向来温文尔雅的脸上也现出一丝丝的不悦来,目光转向清都公主时,还是竭力控制着自己的情绪,用平和的语调对她道:"阿翎,到底是发生了什么事,能与二哥说一下吗?"

清都公主乍见是他,倒是愣了一下:"二哥怎么会来?"

宇文赟的出现自然并非偶然,藏书阁外的小守卫见这么久了柳述依然不见踪影,两位公主又强闯进去,里头还传来了轰轰的重响声,动静如此之大,必是出了什么意外,他慌乱之下去了最近的二皇子寝宫,禀报了此事。

宇文赟是熟知这个妹妹禀性的,并不回答她的话,只反问一句:"阿翎又

是为何来此？莫非突然对经史子集、诸般藏书生出了兴趣？"

清都公主向来是不爱这些的，公主自幼也会被安排入太学，跟女史学些简单的文字义理、女经女诫，却不会如皇子那般教养严苛，反正她们识些字，懂些道理，不过是为了嫁入驸马府时不致失了皇家颜面。

自入太学，所有人皆知清都公主不爱识文断字，学业荒疏，宇文赞有此一语，其实存有诘问之意。

清都公主脸上难免一热，用不忿的语调道："我突然想要看些书，查些史料不行吗？二哥认为我来不得这藏书阁？"

宇文赞温声道："当然不是这个意思，只是藏书阁除了经史子集，尚有一些珍贵散佚的典籍、本朝及前朝史册，涉及颇广，父皇向来有令，不向他请旨，任何人不得擅入，阿翎离宫太久，莫非忘了这规矩？"

清都公主一时被噎得说不出话来。

宇文赞又看了眼藏书阁内的一地狼藉，心中自有数，也不去追问为何如此，只道："书架倒成这样，典籍散落，只怕那些绝版的竹简、孤本会有损失散佚，你们还闲看着做甚，还不速去将书架扶起，整理书籍？"

他毫无烟火气的几句平淡旨令，令僵立一旁的宫女们如获大赦，匆匆上前扶起倒下的书架，一本本捡起落地的书籍。

清都公主清楚，二哥虽然对自己没有半分责怪训斥，实际已是偏向妩姜与柳述了，瞧他完全不问事情的来龙去脉，甚至忽略了柳述的擅离职守，分明是含蓄地表达了自己的立场。

"二哥，这奴婢仗着自己是东宫的人，非但对我毫无敬意，不听指令，还弄倒了书架，你竟然一点都不责罚她？"

"阿翎，父皇自幼教导我们，身为皇室子弟，更应言行谨慎，严于律己，待人虚怀若谷，你身为公主，与一个区区宫女计较什么？"

宇文赞避重就轻地说了一句，又对妩姜道："你今日已过了太子哥哥允准的时限吧，还不速回东宫去，免得他找不着你。"

妩姜何等机灵，随即敛衽告退。

清都公主见宇文赞四两拨千斤地想要化解这场争执，气得贝齿咬紧下唇，小脸涨得通红，眼中水光盈盈。

"还有你，既然值守藏书阁，自该去外边严格执守，还留在这里做什么？"宇文赞转身对柳述轻斥，实则是替他解围。

柳述看在宇文赞的分上，不再与清都公主计较，也自告退，心里却觉得此事怕不会这么容易解决。

果然，在他踏出藏书阁时，清晰地听见清都公主略带哭腔的声调："二哥完全不为我做主，此事传扬出去，将来宫中还有哪个奴婢会将我这公主的威仪放在眼里？"

"此事传扬出去，父皇先会训斥你强闯藏书阁，有失礼仪。"宇文赞的语气中已隐隐有了强硬之意。

"哼，二哥冤枉我，分明是你一意护着他们！"

柳述听在耳中，顿了一下脚步，还是向自己值守之处走去，心中不无隐忧。

果然，没过片刻工夫，清都公主已提着裙裾快步从他身边而过，眼角边泪渍未干，神情含怨带怒。

走了一段路，她蓦然回首看向柳述，恨恨一眼里有着诸多意味，怨怼之色溢于言表。

富平公主也匆匆出来，略带不安又无奈地看了柳述一眼，跟上了清都公主的步伐离去。

最后出来的是宇文赞，他扫了柳述一眼，走过时压低声音道："明日一早先带上妩姜去我那里，此事只怕不能善了。"

夜色渐深，月上柳梢，周帝宇文邕正在灯下翻阅奏章，看久了眼疲心累，合上折本闭目养息，近身宦侍上前替他按揉着额头两侧太阳穴，以消解疲劳，却解除不了他心中的忧念。

"禀陛下，清都公主在外求见。"

宇文邕有些倦意，心里又烦得很，眼也未睁便淡淡道："都什么时辰了？"

身后宦侍明白他的意思，答："已是人定之初。"

又替他回殿门口回报的人道："去问问清都公主，若有要事传话进来，陛下今日累了。"

没等外面的人回报，清都公主半带哭腔的声音已传入殿内，有撒娇和诉苦的意味。

"父皇，连你都不理翎儿了吗？"

宇文邕虽然极倦，还是迫不得已睁了眼，微抬眼看这个任性的女儿，无奈又宠溺地道："这么晚了，什么事非要闹腾啊？"

清都公主"哇"地一声哭开了："父皇！"

宇文邕身后宦侍善解人意地退下，清都公主快步上前，扑倒在宇文邕腿边的脚凳上，伏在他膝上抽抽噎噎哭起来。

宇文邕皱眉，俯下身去扶她，擦拭着她柔嫩脸蛋上的泪珠，问道："这是怎么啦？谁欺负朕的宝贝儿了？"

对这个女儿，周帝向来不如对皇子严厉，难免溺爱得多了些。

再一看，清都公主虽然哭花了一张俏脸，抽噎着不说话，身上衣衫却很凌乱，袖口与裙裾都有破损，似乎是被人撕扯出来的裂痕。

宇文邕面沉似水，抬眼看殿外，发现富平公主羞怯不安地立在门口，一双素手紧紧绞着手里的帕子，欲语还休的模样。

"崔絮啊，怎么不进来？"宇文邕神情肃然了些，有外人在的时候，他不便表现出慈父模样，恢复了些帝王威仪，轻轻推开清都公主。

富平公主款款进殿，举止娴雅地屈身下拜，向宇文邕请了个安。

"发生何事了？翎儿你说。"

清都公主便断断续续地说起自己去藏书阁找书看，被守卫拦截一事却轻描淡写带过，然后进入藏书阁，因不熟悉藏书阁内书籍摆放序列，恰好见着妩姜，以为她很熟悉，便请她帮忙寻找书籍。

宇文邕静静听着，不时敛一下浓眉。

清都公主又说妩姜态度桀骜，非但不愿帮她，还在她亲自翻查时，故意推翻书架，结果两人在争执中被撕破衣裙。

宇文邕下意识地又看了一眼她的衣袖和裙裾，那确实是扯破的痕迹。

清都公主见周帝神情波澜不兴，便有些急了，上前牵他衣袖摇晃："父皇，那小奴婢以下犯上不说，还与看守藏书阁的守卫柳述私下交结，我们在起争执时，柳述竟擅入藏书阁，我不过想教训她一下，他便替她出头，对我不敬……呜呜，我堂堂大周公主，竟被人欺负！"

宇文邕扫她一眼："翎儿，说话要注意分寸。"

言下之意，竟是有几分不信。

清都公主大睁明眸，眼中盛满委屈，水光盈盈："父皇，我说的句句属实，不信你问崔絮！她当时在场，全都看在眼底的，是不是？"

富平公主见她回眸看自己，在周帝眼角余光所不及时，对自己投以警告的目光，心头微凛。

宇文邕缓缓道："崔絮，怎么不说话？"

富平公主立时回过神来，伏身答："回陛下，当时场面着实混乱，我不曾……看得很清楚，但阿翎所说，基本是属实情的，另外还有几名随侍宫女可以做证，请陛下明鉴。"

富平公主说话极注意分寸，轻轻巧巧便脱袍卸甲，抽身而出。至于那几名宫女，都是清都公主的人，该如何回话，便与她无干了。

"嗯？"宇文邕静了片刻，回想东宫那个小宫女，每次出现都是言止得当、聪慧睿智的模样，实在很难与清都公主所说的恃宠生娇、以下犯上联系起来。

清都公主忙道："父皇，你不信我，难道还不信崔絮吗？"

富平公主端正地跪坐于地，仪范超然，容止端庄，实在不像是会撒谎的样子。

她在朝野之间声名极佳，人人皆知大冢宰这个养女知书达理，贤惠可人，

品行高洁，宇文护一度暗示她可堪任太子妃。

宇文邕终有几分信了，缓缓点头，又看了眼漏壶，道："时辰不早，明日上完朝回宫，朕会宣他俩来问个究竟，替翎儿做主。"

"还是阿爹好！"清都公主一把搂着宇文邕的脖子撒娇，一脸小女儿娇态，连年幼时的称呼都脱口而出。

"行了行了，这么大个人了，让崔絮看了笑话，你何时才能与她一般仪范典雅，言语得体？"宇文邕虽是在轻斥，可言辞之间依然充满了怜爱，纵是指出她的缺点，也是高高扬起，轻轻放下。

两位公主一离开，立时便有人悄悄去宇文赞那里报了信，说清都公主仿佛告了好一会儿状，言语间还提及了二殿下。

宇文赞只一推测，立即便知究竟，打赏了那人，心中转着念头，想着应对之策。

翌日晨后，宇文邕一下朝，便听到通传，说二皇子宇文赞带着名小宫女在外求见。

宇文邕不必问便知道是妩姜，思索片刻，还是让人宣了他们进殿。

妩姜身着水绿宫装，窈窕双鬟，双眸明澈，一脸纯真灵动之色，宇文邕看见她的一刻，便想起昨夜清都公主诉说的罪状，心中略起疑念，想着或许事情与翎儿所言有些出入，还是先听她细说再作定论。

妩姜初入殿，便按事先与宇文赞所商议的，伏身请罪，自愿认罚。

"奴婢昨夜在藏书阁阅书，恰巧遇上清都公主入内，不慎有言语冲突，对公主有所不敬，特来向陛下请罪。"

妩姜神色不卑不亢，淡然沉静，倒令宇文邕的问罪之言一时说不出口，反倒是问了宇文赞一句："昨夜你也目睹了一切？"

宇文赞摇头："儿臣去得晚，并未见到全部经过。"

"那妩姜对翎儿无礼，你也是见到的？"

宇文赞看了妩姜一眼，没有答话，算作默认。

"那值守藏书阁的侍卫柳述擅自入阁，你也见到了？"

宇文赞依然是沉默。

宇文邕语气中已经有了丝不易察觉的寒意："你由着宫婢以下犯下，纵容她行事骄横，连你妹妹也欺负，难怪翎儿说她恃宠生娇！"

他正欲出言重罚，宇文赞却终于开口了："父皇，我今日带妩姜来，请罪事小，上书事大，昨夜阿翎与妩姜之间的区区纠纷何足挂齿，民生国计才是父皇如今最为关切之事吧？"

"哦？"

宇文邕的目光便转向妩姜，见她从袖中取出一册奏书来，恭敬地呈上。

"这是奴婢近日来日思夜想，昨夜在藏书阁翻阅许多史籍记载后有了所悟，又得到些许启发，才写下的奏本，愿陛下览后能及时查实此事，有所防范，以杜绝天灾人祸。"

奏本写得甚长，宇文邕翻得很慢，显然不是泛泛一扫而过，而是逐字逐句阅览，边看边沉思，脸色也随之慢慢凝重起来，眉宇间甚至凝起一丝忧色，直至看完合上奏书，依然沉吟不语，似在凝神思索未定主意。

"这些，都是你一人所想？"

"大多是翻阅典籍记载，看史料判断出的。"她最初有疑念，是来自摩煊的教导，这却是不能实言的。

"父皇，你可得慎重处理此事。"

宇文邕点点头，思绪一时回到清都公主的事上来，深深看了妩姜一眼道："你且下去吧，至于柳述……嗯，擅离职守，无论是因何故，总是绝不容许的，传旨下去，罚俸三个月。"

妩姜一怔，没想到此事就这么轻描淡写地揭过了，宇文邕既然绝口不提要责罚她的话，她原先预想过的应对之词自然也不必再说，便躬身告退。

宇文赞原想一同告退，却听宇文邕唤了他一声，便止步留下。

"赞儿，你说实话，这奏本真不是你教她写的？"

"当真不是。"宇文赞如实回答。他连妩姜写了什么都不清楚，只是找她商议对策时，她提出要先上奏本，再听发落，他便同意带她前来。

宇文邕点点头，挥手示意他退下，心想谅赞儿也写不出这样的奏本，这非得有一定的卓越见识，还得有大量论据支持方能写出，那小宫女一直埋头于藏书阁天天翻阅，应该真是为此事心忧。

宇文赞倒站在原地不走了，问道："父皇，您今日听了妩姜请罪之言，毫不意外，是不是因为阿翎已先跟您说了什么？"

宇文邕已将清都公主的事抛诸脑后，闻言一怔，"嗯"了一声。

"阿翎说妩姜对她不敬，以下犯上？"

宇文邕淡淡道："她说的，妩姜不是也都承认了吗？"

"父皇能说说全部吗？"

宇文邕本无心思再理会这等小事，听他认真追问，扫了他一眼，随意将清都公主的话转述了几句，说到清都公主的衣袖衫裙都被扯破时，宇文赞脸上现出诧异之色来。

"父皇，你肯定阿翎的衣衫是被人扯破的？"

"你这么关心此事，难道还要为一个小宫女平反？"宇文邕略感不悦，他看在奏本的分上已经没有治妩姜的罪，以功抵过便罢了，难道赞儿还想为一个小宫女讨什么公道？

"父皇，阿翎的衣衫都是宫中贡品所制，云锦绞罗，哪样不是坚韧牢固？妩姜不过是个豆蔻少女，如何有那么大的力气生生扯烂她的衣衫？"

宇文赞并不急于替妩姜辩解，倒先提出疑问，令宇文邕怔了一下。

时值秋令，清都公主身上衣衫并非夏季轻罗薄纱，都是较厚的织锦素罗，说妩姜在推搡之中随手扯烂她的衣衫，确实有几分疑问。

宇文赞点到即止，也不再多言，将将要离去时，清都公主带着富平公主气势凌人地来了。

一听妩姜刚离去，宇文邕旨令已下，清都公主原先乘兴而来的气势瞬间一落千丈，急怒之下顿足不依："父皇，你不疼翎儿了，昨夜才答应要替翎儿做主，好生处置他们的！"

"朕已发落了柳述，至于妩姜——"宇文邕收了奏本，淡淡道，"她纵有

些错处,也功过相抵了。"

清都公主见了他手握奏本的神情,似有许多心事悬而未决,显然对自己的事已不再上心,委屈和怒意错综交织,"哇"地一声哭起来:"她倒是立了什么贪天之功,让父皇连女儿也不怜恤了?"

"好了好了,你呀,就是孩子气重,回头让赞儿带她给你道声歉便罢了。"宇文邕看她仍是不依不饶的模样,却没心情再哄她,挥手道,"下去。"

清都公主知道再说什么也没用,含泪咬牙退出去,富平公主与宇文赞也跟着告退出去。

"二哥,今日一早发生了什么事?莫不是你向父皇告了我的状,说了什么?"

一出宫门,清都公主即刻咄咄逼人地怒目相视,一心觉得能动摇父皇意志的必不会是那小小宫女。

宇文赞瞥她一眼,反倒觉得好笑:"阿翎,在你心中,二哥就如此不堪,会在父皇面前言不符实,胡诌你的不是?"

他言下之意,是在暗示清都公主告的状言不符实。

清都公主自知理亏,狠狠瞪他一眼:"那父皇为何没有重罚那小奴婢?"

宇文赞的笑意淡了些:"阿翎,你身为公主,言辞当斯文得体,张口闭口小奴婢,岂非让人笑话?今日一早我是带妩姜去向父皇请罪的,她并未说起你的任何不是。只是父皇看了她呈上的一本奏书,才说功过相抵,不再责罚她。"

"奏书?"清都公主讶然地一挑秀眉,倒是想起了宇文邕手中攥紧的那册奏书,没想到是妩姜呈递的。

"写了什么?"

"我如何能知?你该知道奏书只有父皇才能翻阅。"

清都公主愣在原地苦思冥想的当儿,宇文赞已别过富平公主自行离去了。

宇文赞到了藏书阁门前,远远地见了两道人影正在曲廊转角说话,走近一

看,果然是柳述与妩姜。

柳述昨晚值夜,刚刚与人轮换了岗,妩姜来找他想是说起清都公主责罚一事,看她一脸歉疚神情,应是对他被罚俸而觉得连累了他。

柳述倒是豁达,哂然一笑道:"原本是我的错,擅离职守、私入藏书阁确实不当,以后注意些便是。倒是你,以后得小心……"

宇文赞接口道:"是啊,以后见了阿翎,你是该远远避开,不要与她正面相冲。"

妩姜知道他的好意,便应了。

宇文赞又道:"你们最好也留意些富平公主崔絮,她是大冢宰宇文护的养女,宇文护权倾朝野,甚至为她求得了一个公主封号,好让她有资格出入宫禁,她与阿翎自幼是手帕之交,你还是避一避的好。"

妩姜想起昨夜富平公主谦和温柔的神情,道:"我倒觉得那富平公主还算讲理。"

宇文赞摇摇头,心想富平公主与阿翎形影不离,只怕阿翎在父皇面前告御状的时候也推波助澜了,妩姜心性柔善,只怕不懂这些人心诡谲。

"崔絮是士族千金中最有可能成为太子妃的人选之一,宇文护有意让父皇立她,她向来又是在贵族名流中颇有贤名的,只怕日后少不了在宫中走动。"

"嗯,我听你的便是。"

宇文赞问起奏书之事,妩姜却缄口不言。

柳述听闻居然还有奏书这档子事,也心生好奇,追问了几句。

妩姜目光在他俩脸上游移了片刻,仍是摇了摇头:"这事你们以后总会知道,现在真的不方便说起。"她其实也不十分确定,只斗胆上疏,心中并没有多少底,自然不愿连累他们。

两人见问不出什么来,只得怀揣着好奇之心散了。

第五章 殿前奏对

朝堂之上，宇文邕正向群臣发问，提及各地气候变化与农作的收成，众臣顿时福至心灵，纷纷提及平阳、晋州二地的民生安乐，太子安土息民，令百姓安居，处处颂扬。

更有臣子说当今天子尧舜禹汤，治理得国泰民安，海晏河清，只差没有将讴歌颂德之词著书立传了。

宇文邕初时静默地听着，越听越将眉心敛成川字，终于毫不客气地打破了众臣粉饰太平、其乐融融的气氛，扬声命人宣殿外候令之人进来。

随着朝臣们诧异的目光，一个着淡绿官装的垂鬟少女款步进殿，殿外当值的柳述也诧然地将目光投向她，陡然想起宇文赟所说的她的奏书一事，疑云顿起。

难道她所奏真是十分要紧之事，宇文邕才公然宣她入朝堂？

朝臣之中，更为震惊的是杨坚，他完全不知妧姜为何会出现在金銮殿上，眼睁睁地用目光追随着她步步前趋，心里疑念丛生，不免转化为担忧。

妧姜伏身施礼，宇文邕让人将妧姜的奏书递给她，让她自己解说奏书，说明其中原委。

妧姜便道出前一阵随太子去皇家围场狩猎迷路一事，当时她沿河水行至渭水，沿岸行走，发觉渭水上游泥水充沛，河水愈加混浊，渭水为黄河支流，上游之水来自黄河，她从而联想到有可能是黄河淤堵，泥沙堆积，被冲刷至渭水，进而下流。

她由此疑心此情形是因黄河雨水充沛引起，当泥沙淤积，导致入海通道不畅，又逢雨水丰沛之年，怕是极有可能引起黄河下游泛滥决堤，造成严重的天灾人祸。

众朝臣听妧姜娓娓道来，脸上讶异之色越发浓重，私底下已窃窃低语，眼中多少有不屑之意。

"众爱卿以为，妧姜之言如何？"

便有人拱手上前答："不过是黄口稚子之言，不足取信，实在杞人忧天。"

甚至有人略带冷笑："区区宫婢，又是年幼，不知自何处听来一些流言，在此耸人听闻，陛下何以为忧？"

宇文邕并不直接回应他们，只看着妘姜，道："你既已上了朝堂，不妨畅所欲言，将你所知尽说出来。"

妘姜点头应命，神色不惧，面向朝臣侃侃而谈："《尔雅·释水》有云：河出昆仑虚，色白。所渠并千七百一川，色黄。《汉书·沟洫志》载：大司马史长安张戎言：'水性就下，行疾则自刮除成空而稍深。河水重浊，号为一石水而六斗泥。'"

"张戎还认为：'今西方诸郡，以至京师东行，民皆引河、渭山川水溉田。春夏干燥，少水时也，故使河流迟，贮淤而稍浅；雨多水暴至，则溢决。'这便是奴婢认为雨水多而将泛滥成灾之因。"

妘姜一番话，说得朝堂中窃窃之声低了下来，不说心服口服，至少有人开始认真思考她的话，脸上原有的不屑之色略有改变。

一名老臣看她的眼神中颇有轻视之意，抚须道："毕竟都是猜测之言，何来证据？"

"自古黄流最浊，以斗计之，沙居其六，若至伏秋，则水居其二矣。以二升之水载八斗之沙也。由此可知黄河之所以浊，乃因水中挟沙所积，而水中之沙乃上游各川所挟。奴婢近日翻阅藏书阁历百年以来对黄河水情的记载，发现凡水浊则有洪水之患，水清则有天旱之兆，十有九应。大人若不信，奴婢可叩请陛下，派人查阅历年水经，问讯都水台经管官吏便知。"

那老臣正是都水使之一，原仗着自己对水利兴治之事精通，不屑听取妘姜的意见，却对她这一番有理有据的言论难以反驳，原本傲然的神情也有所改善，抚须静默不语。

众朝臣见水利官员都被妘姜说得意动，不明就里者更不敢随意插话，一时竟无人言语。

过了良久，那老臣才问："依你这小宫……小姑娘之言，该当如何？"

"自是先了解黄河上游雨水量，排查淤堵，此为一；疏浚河道，清除碍物，建泽蓄水分流，此为二；造林植木，兴复植被，节制冲刷，令河段泥沙减少，降低河槽淤积，此为三；疏散下游百姓，使其别居，以避洪流，此为四。"

老臣频频点头："这是东汉王景治水之法，商度地势，凿山阜，破砥碛，直截沟涧，防遏冲要，疏决壅积……说得极有道理啊！"

第六章 金枝为祸

眼见朝堂中无人再驳斥妡姜,宇文邕正欲下旨定夺,忽听有人再度开腔。

越众而出的朝臣须发斑白,笼冠束发,生而有威仪之相,气度颇为不俗,眼中几分霸气隐现,他甫一出列,宇文邕顿时感觉头痛。

"陛下且听微臣一言,这小姑娘不过一名区区宫女,年幼无知,目光浅短,纵在藏书阁曾翻阅古籍,亦不过临时修得,哪里谈得上远见卓识?单听她几句推测,便劳民伤财,大兴土木去修建水利工事,万一她所推测皆为无据之事,结果竟是一场空,却已耗费财力,又使百姓迁居,农田荒垦,焉得不引起民怨沸腾?"

宇文邕心里暗叹一声,举目四顾,却见百官无人敢置一词,心更往下沉了几分。他固然可以力压宇文护,但必引致其不满,宇文护如今权倾朝野,他并不想明里削其颜面,只望此刻朝臣中有人站出来,与其对峙。

"大冢宰此言差矣,臣以为这小宫女虽然年幼,但有此见识已为不凡,还能思及国事民情,忧民忧国,为此在藏书阁翻阅典籍,铭记推断,连都水使都觉得她所言有理,显然并非无据妄言。至于大冢宰的顾虑,也不无道理,如此陛下可将此任交与臣处理,若有引致国力损失之处,由我随国公府一力承担。"

力排众议、敢在朝堂上公然与宇文护对抗的,正是随国公杨坚。他神情谦和,恂恂儒雅,既鼎力支持了妡姜的论断,又不至于完全驳了宇文护的颜面,令宇文邕心中暗生喜意,缓缓点头。

"随国公既这么说了,此事便交由你办理吧。"宇文邕见宇文护浓眉微敛,心中想来仍有不悦,便安抚道,"爱卿所言也甚是有理,但终究国计民生为上,防微杜渐,总胜过亡羊补牢。"

宇文护听周帝都这么说了,若再多话,便是公然拂了他的意思,只得拱手退下,撂下一句不轻不重的话:"随国公如此担当,想来会将此事办得圆满,自也不劳臣操心了。"

退朝之后,周帝将妡姜叫去问了些话,倒是并没有提及清都公主与她在藏书阁冲突一事,只问她日常读哪些书,又曾得何人教导。

妘姜避重就轻，答说陪太子上太学时，时常旁听，太傅有时会偶一提及，她凡留了心，便会去藏书阁找相关书籍阅读。

宇文邕点了点头，看着她的眼神中有激赏之意，却始终淡淡的，也没有给予特别赏赐，只是道："今日之事，若是被大冢宰不幸言中，你的推测实属杞人忧天，到时候免不了要领些罚。"

"是，奴婢知晓。"妘姜毫无怯畏之色，从容应答。

宇文邕挥手令她退下，却在心里感叹了一句，这小宫女虽然出身掖庭，见识却卓尔不凡，在东宫伴读，对太子若能时时点醒，其实是件好事。

此刻的东宫，却并不如宇文邕所想，妘姜在朝堂上一番卓然言论，已迅速传到了太子耳中，包括朝臣与妘姜的对答、宇文护的反对、随国公的支持，一字不落。

太子越听越是恚怒，脸色渐而发青，眼中射出冷光来。

高芷察言观色，知道太子心中已极度不悦，轻声细语道："殿下，如此重大之事，妘姜竟不先向您上禀，而越过殿下直接上报陛下，分明是有意邀功！"

前来报讯的太监嗫嚅几下，虽不置评，脸色却显然赞同高芷的话。

太子的手缓缓按在一只带盖茶盏上，一点点握紧，指节扣得发白，薄唇抿成一线，唇角拗出凉薄怒意来。

高芷又道："妘姜私下曾言，她将来成就必可比肩北齐女侍中陆贞，岂甘于只做东宫伴读，寂寂老去？"

太子终于忍无可忍，一把抓起手中茶盏，重重地朝地上摔去，碎瓷四散，发出清脆刺耳的声音，令回报的太监不由自主地哆嗦了一下，生恐殃及池鱼，趁太子盛怒，注意力不在自己身上，悄悄后移了几步。

高芷也暗自心惊，但仍是不肯放过这煽风点火的机会，道："殿下息怒，不必与这等背主求荣之人计较，您是天上皓月，她不过萤火星光，纵然想与您并列夜空，也不看看自己身份……"

"砰"地一声巨响，太子盛怒之下又是拂袖一扫，将身边一个半人高的青

釉插花净瓶甩了出去，净瓶沉而器型浑圆，滚落在地后重重摔裂，小半未碎的瓶腹骨碌碌滚到大殿门口，恰好妩姜出现在门外，刚迈步踏进门槛，就看见瓶腹在自己脚下晃动不止，四溅的瓷片有些砸上了她的脚背。

太子见了妩姜，尚未平息的怒意又被挑起来，黑眸中燃烧着熊熊怒火，瞬间跳跃起来。

高芷刚幸灾乐祸地想看他如何惩罚妩姜，他却一摆手道："都给我滚下去，妩姜留下！"

高芷心中略感失望，还是与传讯的太监一并退出殿去。

"过来，给我跪下！"

妩姜缓步上前，依言在太子面前跪下，却是不解其意。

太子起身站到她面前，胸口急剧起伏，似乎在竭力控制自己的情绪。

过了良久，他躬身抬起她的下颌，深黑的眸中那团怒焰犹在烈烈燃烧，一字一顿地唤她的名字，问道："今日朝堂之上，你在众臣面前宣读奏本，解说黄河上游雨水丰沛，下游泥水浑浊……倒是挺有远见卓识的嘛，如此有见地的奏本，为何没先给我看过？"

妩姜才明白他因何而怒，解释道："殿下不知，今日的奏本，奴婢其实是冒险呈上的，原本没有多少把握。自狩猎归来，奴婢疑心黄河上游水位高涨一事，连日翻阅藏书阁的典籍，就只是想多些把握而已。奴婢自己心中都缺乏底气，又如何敢先告知殿下，让殿下去递这奏本，在朝堂上冒险？"

太子冷笑："你一口一个冒险，倒是为我着想了，可如今你的意见被父皇采纳，可见是有理的，何险之有？功劳倒是大得很吧？"

妩姜轻叹一声："殿下怕只知其一不知其二，殿下听来的消息，怕与奴婢在朝堂中听来的，有所删减……"她原原本本将朝中臣子对自己的质疑以及都水使的否认、宇文护的抵制都说了一遍。

"事实上，在尘埃落定前，连陛下都未曾公然表达过他的意见，甚至没有直言对奴婢的认可或否定，陛下他……似乎也在观望众臣的反应，尤其是大冢宰。"

太子胸口的起伏一点点变缓，眼中的质疑在慢慢减弱，燃烧的火焰渐渐转变成半信半疑。

　　"就连随国公，在领下这重责的时候，还立下了愿承担后果之言，如此风险难测之事，奴婢如何敢让殿下以身相试？"

　　太子沉默了少顷，松脱钳制她下颌的手，直起身来，冷眼俯瞰她："希望你今日所言句句发自肺腑，若你敢骗我，有朝一日背叛我……我绝不饶你。"

　　妩姜心里叹息，却只是沉默地颔首。

　　殿外传来细碎的脚步声息，外头守候的太监传话，说苏贵嫔携富平公主造访东宫，请太子示下。

　　太子简短地命令妩姜："快将殿内收拾一下。"

　　妩姜应声站起，手却不慎按到一片细小的碎瓷，下意识地缩回手掌，差点站不稳而摔倒。

　　太子扶了她一把，冷哼一声，刚想斥她怎么如此无用，却见着她掌心渗出血渍来，到口边的话又缩了回去，只换成了克制而冷淡的一句："自己小心些，拿帕子包了手去捡。"

　　太子随手从袖中抽出一方细绢的帕子来，扔在她面前。

　　妩姜清楚太子的禀性，他锦衣玉食惯了，向来被人众星拱月，不晓得如何关心他人，这么一句已是极限了。

　　她捡起太子的绢帕，细细缠绕在手上，才去捡那些碎瓷片。

　　太子见她收拾得差不多了，吩咐门口候命的太监："传。"

　　苏贵嫔踏入时，殿内已不再狼藉一片，她自落了座，并没有在意还有个屈身蹲地捡碎片的小宫女，盈盈含笑与太子寒暄。

　　富平公主在她对面落座，却留意到了蹲地捡碎片的是妩姜。

　　妩姜已蹲身捡了好一阵，收拾时并未留意到掌心的伤口因用力而崩裂，又渗到雪白的绢帕外。

　　富平公主起身离座，屈膝去帮她捡起最后两块碎片，含笑递给她，语音柔婉动人，如聆仙乐："你的手流血了，是刚才被这碎片割伤的吗？"

妩姜轻声道了谢,却避而不答她的问题,向太子告退出去,在廊下一层层解开包裹的绢帕,对着阳光仔细查看,刺痛裂开之处果然嵌了点瓷片碎屑,怪不得用力时又渗出血来。

她小心翼翼地挑着碎屑,富平公主悦耳轻柔的声音又在耳畔响起来:"需要我帮忙吗?"

妩姜忙摇头表示不用。

虽然妩姜婉拒,富平公主还是抽了自己的锦帕,不由分说地帮她缠绕着包扎起来。

妩姜婉拒道:"奴婢谢过公主好意,奴婢自己有……"

富平公主看了一眼她那方染血的绢帕:"都被血渍浸透了,重换上我这块吧。"

妩姜只能由着她手法温柔地替自己包好,还打了个漂亮精致的结。

没多会儿,苏贵嫔与太子闲聊完,款步出宫来,朝廊下的妩姜浅笑一下,招呼富平公主离去。

妩姜亲送她们到宫门口,才折返身。

两人走得远了,苏贵嫔回头看一眼东宫,问富平公主:"你可博得她的好感了?"

富平公主摇头,虽然两次出手相助,妩姜却始终婉拒敬谢,到替她包扎完手上的伤口,她在妩姜脸上看到的也只是恭敬之色,而非亲近。

"我只能尽力而为,却不知她心中在想什么。她对我客气恭敬多于亲切,看来我堂堂富平公主,想要与一名小宫女交朋友,竟也是如此不易。"富平公主轻笑一下,仿佛自嘲。

跟着她又疑惑地问苏贵嫔:"我们在廊外候着的时候,听他们说太子正大发雷霆,斥骂妩姜,进去时又看见他责罚她捡拾满地的碎瓷,分明对她漠不关心,只怕她并不如贵嫔所言,在太子殿下心中有多少分量吧?"

苏贵嫔眼波流转,朝她轻笑:"我入宫数年,能得如此荣宠,正是因我对宫内人心看得通透。太子越是对妩姜如此,越发说明他心中在意,他呀,可不会对毫不相干的奴婢如此上心，以他暴戾的性子，从前犯错的宫人，所受的可绝不止这点责罚。对了，你留意到妧姜手上包的那块帕子吗？"

富平公主不解地摇头，她当时见了，却没有细细去看，不过一方白绢，能有什么特别？

"太子要是真责罚她，还能容她包扎一下再去捡碎瓷？"

富平公主听了，忽然想起一事，妧姜解绢帕时她掠过一眼，依稀记得帕子一角绣的是松柏常青，那种图样可不像是女儿家会用的，更不可能是宫女的。

她心中不由地跳了一下，暗自揣测，难道那块绢帕竟然是太子的？这么一想，苏贵嫔下面的话她听在耳中，便觉得极有道理了。

"你一定要多与妧姜交好，得到她的赞许认可，才更有可能成为太子妃。"

自奏本一事后，太子虽然不再旧事重提，对妧姜却也冷落了许多，常不时用带着疑云的目光冷眼看她，不再如从前那般亲近，甚至常常不再宣她近身伺候，高芷得以接近太子，取代了妧姜原有的事务。

妧姜便只能管理些杂务，常被高芷指使去做一些烦琐的小事。

这日打扫完东宫书房，妧姜累得蹲着没起身，刚捶了捶酸痛的肩，便见高芷进来，以居高临下的姿态看她，挑起唇角轻视地一笑，眼角眉梢尽是挑剔之意，目光在书房内巡视一圈，轻笑："妧姜，打扫完啦？"

"嗯。"妧姜已习惯了她的指使，平静地扶着案沿直起身来，心里知道她多半又要给自己找些活计。

高芷踱着步，检视书房内是否洁净，甚至拿雪白的丝帕去角落擦拭，见再也没有一点灰尘，指着书案边三角花架上的青釉莲花尊，道："那里头几枝花已不新鲜了，花瓣与叶片都有些萎落，你去御花园剪几枝新的回来插上。"

妧姜看了一眼，花尊里的花枝是昨日才剪的，里头盛放清水，开得正荼蘼，并没有明显萎落痕迹，纵有一两片叶子边缘稍稍发黄，按从前惯例也就是修剪一下即可，这些打杂的事务也轮不着妧姜。

"还不快去?太子殿下回来若见了,可就不好了。"

妧姜没有争辩,只应了一声。

御园里一年四季皆有应季的鲜花盛开,究竟采摘什么其实也极有讲究。妧姜拿着花剪正思索,有个青衣小花匠走过,唤了一声:"妧姜!"

妧姜回过神来,眼前的小花匠高卷衣袖,脸颊与半截外露的手臂晒得黝黑粗糙,身形却单薄削瘦,裤脚上还溅了几点泥,正是素问。

"我去御园剪几枝花,正在想这时节花品已经稀少,该剪些什么呢。"

素问笑:"正好我这会儿有空,陪你去看看吧。"

妧姜得他陪伴,知道他对花木了解甚多,欣然同意。

秋季的御园虽仍是葱茏一片,花却不能如春秋二季一样满园缤纷,散落在万绿丛中的花朵需要细细寻找。

素问边走边跟她讲解:"这旱季开的花已不多,有些在高枝上,难免攀爬……哦,对了,你是要插在何处,用什么瓶?"

妧姜便比画着青釉莲花尊的大小、器型及口径,素问边听边点头:"这么大的花尊,桂花花朵微小,又极易落,不太合适;蔷薇枝短而有刺,若误伤太子也不好;睡莲得划船去御湖中央采,太不方便了……我看最适宜的是百合,其次是菊花。"

素问清楚御花园花种的分布,妧姜便跟着他穿过花间碎石径,来到一处宫墙外,这里的菊花品种果然繁多,一径之隔还有几种百合,很合她的心意。

"这种菊花叫二乔,那种是飞鸟美人、黄毛刺,还有罕见的绿菊,叫绿水秋波。"

"名字倒是好听。"妧姜一边频频点头,一边挑着花茎要去剪。

素问忙阻止了她,又问了一下花尊高度,拿手掌比画了一下:"要剪这么长,露出的花茎太长,花朵硕大而沉重,茎秆易折断垂落,短了又显得不衬花瓶。有了长的,再剪两枝稍短些的,插花要错落有致,才显得出层次分明。"

剪完了菊花,素问帮她捧着,又过去剪百合。

"这是水仙百合,那是麝香百合,总剪白的太过素净,搭配几枝红色的山

丹百合看起来会喜庆些。"

妩姜细心听着,剪刀刚落下,一茎百合落在她掌中,被斜伸出来的一只白嫩纤细的手夺走,随即那枝带露水的百合劈头盖脸朝她抽来。

虽然百合柔弱,但花枝抽中了脸颊也是有些微痛的,妩姜下意识地闭目闪避,听见素问惊怒的声音:"你是谁?怎么能动手打人?"

妩姜怕素问年轻不懂事,与人起了争执,毕竟这是皇宫,来往皆是贵人,他不过是个身份卑微的小花匠而已。

她急急睁眼,举手背擦了一下眼睑上的露水,才看清了眼前站着名少女,丹朱色曲裾深衣,白色留仙裙,微扬的小脸上有双张扬跋扈的明媚凤眸,眼神十分冷厉,正瞪着自己。

妩姜认出是清都公主,忙一扯素问的衣服下跪:"奴婢见过清都公主。"

素问抱着花,不明所以地一同跪下。

清都公主冷笑道:"谁准许你们到这里来偷花的?"

"偷?"妩姜不解其意,这御园的花,各宫都有份例,哪里谈得上偷?

"奴婢只是剪几枝花回东宫点缀而已,并未超过份例……"

一句话没说完,清都公主又劈头盖脸地拿花枝抽下来。

妩姜敏捷地一偏头,这一抽便落在颈上。这回是花枝整条抽上去,她雪白的颈项立即便多了条血痕。

素问不忿,便想插口,被妩姜用眼神制止。

清都公主指着花圃边的红墙冷笑:"你们也不看看这是哪里?这是本公主的琴瑶宫,宫墙内外皆是我的地方!这片花圃里所有的花,不是御园共用,而是我宫里的人种下的,不问而取是为偷,你这种行为难道不是偷盗?"

妩姜虽然不是很清楚,也知道清都公主只不过借题发挥而已,垂首致歉道:"对不起,奴婢尚不清楚这些,冒犯之处,还请公主海涵。"

清都公主一声冷笑,绕着她转了两圈:"海涵?都已经剪了这么多了,连问都没问过我一声!好,我姑且饶恕你这次,不以偷盗之名将你问罪,只这无礼冒犯一项,你就给我在这里站着吧,直到我觉得你有足够的敬意为止!"

素问眼中有浓浓的怒意，妩姜却不可察觉地移了下身形，挡住他，恭敬地垂手站立。

清都公主负手微笑着绕过宫墙回了琴瑶宫。

素问知道妩姜的心意，只能强抑着心底怒意，抱着怀里的花枝，默不作声地陪她罚站。好在清都公主也没在意他这个衣着简陋的小花匠，所有注意力都落在妩姜身上。

虽已过了盛夏时分，这晨起近午间的日头也是烈烈灼人，站久了令人头晕眼花，妩姜不由得闭了闭眼。

花圃边上以太湖石堆叠出一座玲珑假山，环抱着一方清浅的小池，池水自假山顶潺潺而下，往复循环。阳光自假山顶上打下来，落在粼粼池水上，泛着金色的光芒。

假山洞内有道黑影闪了闪，素问眯着眼将目光投过去，却又什么都没看见，只当自己花了眼。

清都公主自红墙那边迤迤然走过来，含着一丝不明的笑意朝假山后使了个眼色。

草丛里窸窣之声作响，仿佛有什么活物在移动。

素问低头去看时，只见草丛里有什么朝妩姜直蹿过来，疾如闪电。他一惊之下来不及细看，只是本能地抬肘推了妩姜一把，挡在她身前。

"嘶"地一声吸冷气的声音，将妩姜从眩晕中惊回神，蓦然发现素问正要弯下腰去，他小腿上赫然有条灰绿色手指粗细的小蛇，隔着裤腿死死咬住不放。

妩姜极少离开皇宫，从未有机会见着活蛇，震惊片刻之后想起打蛇打七寸，蛇的要害是在蛇头下三寸之处，心脏位置。

她一咬牙，壮起胆子，抢在素问之前一把掐住小蛇七寸之处，将它拽了下来。

原本站在一旁幸灾乐祸，打算看热闹的清都公主，见蛇咬了素问已是懊恼，又被妩姜利落果断的擒蛇手法给惊住，一时竟不敢上前。

第六章 金枝为祸

素问跌倒在草丛中，卷起自己的裤管去察看伤口。

妩姜有心想帮忙，手中的蛇酥软无力，却还在扭动着尾巴，她生平未杀过蛇，一时犹豫着不知该如何下手，腾不出手去帮素问。

她抬眼看去，四周只有清都公主满面震惊地站在那里，恳求道："公主，劳烦你去请位御医来帮他看看，万一蛇毒攻心就来不及了。"

清都公主仍六神无主，闻言啊了一声，随口答："这蛇没有毒。"

"公主为何知道？"妩姜倒诧异起来，清都公主的口吻不是猜测迟疑，而是十分肯定的。

"这……我……"清都公主张了张口，似无言以对，神色也略显慌张。

妩姜心中焦急，她无法命令公主，又不能确认公主所言的无毒是否有据，正迅速转着念头时，看见不远处有人转过花径，向他们走来。

当先的少女绾着螺髻，身着间色织纹锦褂衣，纤髻飘飞，踏着细碎的步子翩跹而来，其后数步跟着个身着素锦宫装的双鬟少女，一见到他们，顿时便加快了脚步，顾不得失礼，越过前面的少女匆匆而来。

这会儿妩姜已看清身着褂衣的华服少女是富平公主，越过她赶来的少女是灵枢，不由得惊喜地唤："灵枢，快来帮忙！"

灵枢虽然不知发生何事，也看见妩姜手里拿捏着蛇，素问跌坐地上，身边散落一捧菊花的情形，知道必有意外。

"素问被蛇咬了，你快帮他看看，是否要处理伤口？"

灵枢悲喜交集的目光投向素问，却不能在此地相认，克制着情绪，弯下腰去察看素问的伤口，卷起的裤管下是两排对称的细小牙印，被她挤了一下，流出的血是鲜红色。

她又抬眼看了下妩姜手中的蛇，手法利落地拿捏住蛇头察看了一下蛇牙，道："这只是条寻常水蛇，无毒，应当不碍事。"

妩姜一颗悬着的心这才落下来，目光一瞥，见到清都公主正双手绞着自己的帕子，眼神游移不定，有惊惶也有思索，神情似有些复杂。

灵枢挤完素问伤口的血，从怀里取出一只小瓶子，倒了些淡黄色粉末在伤

口上,撕开一方帕子替他包扎起来。

其间素问一声不吭,只偷眼打量自己的姐姐,百感交集,眼中有泪光盈盈,却不是为疼痛。

富平公主柔声询问素问的伤势,说了几句关切之言,显得神情诚挚。

妩姜待灵枢替素问处理好伤口,想询问该拿手中的蛇怎么办,便听见有人在不远处唤自己名字。

声音由远及近,柳述一身玄色侍卫服,佩着值守的腰刀,快步过来。

妩姜看见他,眼中有几分惊喜,简略说了两句素问受伤的事,手里的蛇便被柳述抓过去。他轻轻拿捏着蛇的头与七寸,手法娴熟,对她道:"我先将它拿去放生好了。"

"这宫里如何会有蛇?虽说无毒,可出现得也太蹊跷了些。"妩姜在宫中长大,如何不清楚这些,花树草丛之间有花匠打理,河塘水泾边有杂役打理,她从未听说会有水蛇出没,这蛇必然是有人带进宫来的。

柳述四顾一下周围的环境,也觉得妩姜所言有理,冷锐的目光自清都公主身上一扫而过:"不知是何人将蛇捉入宫中,若今日咬的是宫中哪位贵人,谁担当得起这重责?"

他没放过这句话说出时,清都公主闪烁而惊惶的眼神,心里便有了数,继续道:"这里可是清都公主的琴瑶宫外,不知公主可曾见过有可疑的人经过?"

清都公主答得又急又快:"我怎么会知道?我看这全是你们毫无根据的胡乱揣测,谁知道这蛇是哪来的……"

"只怕这蛇还不止一条呢,公主别动,你脚边长草怎么晃了一下?"

清都公主明知不可能再有第二条蛇,还是本能地后跳了一下,险些摔了一跤。待看清不过是草丛中一只纺织娘跳远了,才惊魂未定地抚着胸口,听见"啪"一声响,袖中有一物滑落在地。

妩姜与她站得近,反应也较她快了一拍,抢先去将掉落的物事捡起,本想还给清都公主,却见是只香囊,袋口抽绳散开了些,有黄色粉末散落出来。

出于本能，妧姜拿手指拈了少许放在鼻端闻了一下，脸色微变："雄黄！公主，你身上为何携带雄黄？"

清都公主急切地劈手将香囊夺过，喝了声："大胆奴婢，竟敢无礼！"

"清都公主，雄黄乃驱蛇虫之物，你贵为公主，随身携带此物，难道是为了避开这条蛇？"妧姜毫不退让地直视她，目光坚定地等她回答自己的话。

清都公主侧过脸，支支吾吾说不上话来，明显无话可答。

柳述见此情形，知道再追问也不可能得到答案，毕竟她贵为公主，在场诸人无立场对她咄咄相逼，若她拿身份来压一下，他们便只能作罢。

他转了下心念，淡然一笑："妧姜，我们走吧，此事既然与清都公主无关，我们再问也是无用，不如回禀了陛下彻查清楚，终究御园出现蛇的事可大可小，只怕有心人再以毒蛇害人，也不知是想刺杀陛下还是太子呢！"

"别别！"清都公主忙急切地阻止他，一张俏脸涨得通红。

这原不过是件小事，可柳述这样的揣测若传到了宇文邕那里去，真可以扩大成刺杀事件，最终必会查到她身上来。

到时候丢脸事小，她必会受宇文邕重责。

柳述和妧姜都心知肚明，只静候清都公主的言行，等她自承其过。

一边的灵枢素问姐弟也都明白了大概，沉默不语地看着她。唯有富平公主略低下头去，神色显得有几分不安，似乎很为清都公主难过。

清都公主在众目睽睽之下，又衡量一遍被宇文邕责罚的后果，一咬牙，扭过了脸不看他们，从齿缝中挤出模糊的字句："是……是我一时顽劣心重，让人捉了条……蛇来，想吓唬妧姜一下。"

柳述听她明明不尽不实，剑眉一轩便想再开口，却被妧姜拉住袖口，轻轻摇头制止。

清都公主回过脸，见他们都是一脸不信之色，急急辩解道："我真的只是想跟她开个玩笑而已，你们也说了那是条无毒的蛇，我若有害人之心，怎会弄条水蛇来？"

柳述微现冷笑，刚想说既然是玩笑，不若她亲身来试一下蛇吻滋味如何，

却见到富平公主莲步款款轻移到清都公主身边，轻声道："我相信阿翎只是孩子心性，有些不懂事而已。"

清都公主得人解围，忽然觉得委屈鼻酸，双眼瞬时红了。

富平公主拿出手绢替她轻拭眼角，附耳低语："阿翎，跟他们道个歉吧，不是什么大事。"

清都公主骤然睁大了眼，让她堂堂金枝玉叶向宫婢花匠道歉，如何肯拉得下这颜面？

"总比闹到陛下跟前好些。"富平公主又低低地提醒了她一句。

清都公主便不说话了，抬眼看柳述一脸不肯罢休的神情，妩姜也目光灼灼地看自己，素问虽不敢指责，眼中显然也有怒意。

她知道自己如今四面楚歌，虽然面前这些人并无谁身份高贵，值得她看上眼，可这事只要捅到周帝跟前，倒霉的必是自己。

她轻咬了一下红唇，委屈地低声嘟囔了一句："对不起，妩姜。"

柳述泛起一丝冷笑，侧过脸道："公主说什么？末将没听清。"

妩姜则温和地道："奴婢并未受到惊吓，这件事受委屈的其实是素问。"

清都公主顿时气结，又狠狠瞪了他们一眼，提高声调道："对不起，妩姜，对不起……那什么……"

"素问。"

"对不起，素问！我只不过开个玩笑而已！"

素问在灵枢搀扶下站起身，回应道："既然蛇无毒，我也无大碍，此事便算了吧。"他看向妩姜，她也点了下头。

清都公主见他们没有再纠缠的意思，一顿足，头也不回地拂袖而去，心中的尴尬难堪无以言表，只觉得从小到大从未受过这样的委屈。

柳述剑眉扬起，怒意隐现："这算什么道歉？毫无诚意！"

他想扬声唤住清都公主，却被妩姜制止了："公主已经道歉了，素问都不介意了，我们也不要再追究了。"

"可……"

"柳述!"

柳述在妩姜澄清如水的眸光安抚下渐渐平静下来,无奈又怜惜地瞪了她一眼:"你就是这样宽容,从来不和别人计较!"

妩姜只朝他宛然一笑,轻扯下他的衣袖:"别生气啦,我不是好好的?倒是素问受了伤,你快去将蛇放生了,我去看看素问。"

柳述离去后,妩姜察看了一下素问的伤口,又向富平公主道谢。

富平公主笑语柔和,平易近人,解释说自己不过是刚巧近来结识了灵枢,今日约了一同探讨医理药学,灵枢说这御花园中许多花草树木皆可入药,沿途边走边聊,向她一一讲解,无意中便路过了这里。

当时妩姜正与清都公主说话,隐约的细语声吸引了她俩,循声寻找过来,没想到正好有灵枢的用武之地。

素问也向富平公主道了谢,满眼感激之意。

富平公主笑着摇头,表示她其实什么忙也没帮上,不过是恰巧带了灵枢过来而已,让他们感谢灵枢便好。

灵枢姐弟见这位富平公主出身高贵,却温柔谦逊,心中更生感激之意。

富平公主道:"既然这位小花匠没事,我便先离去了。方才看阿翎心情不好,我还得赶去安慰她一下。我与她自幼是手帕交,知道她这人只是有些娇生惯养,并无恶意,你们不要与她计较。"

她匆匆离去后,便没了外人在场,灵枢与素问终于有机会姐弟相认,不由得抱头痛哭,情绪十分激动。

妩姜安抚了他们好一阵,才令姐弟俩情绪缓和了下来。

灵枢没料到他们竟是在这种情形下相见,又见素问不大站得稳,便扶他坐下,细细询问别情。

素问只拣好听的说,纵然这样,灵枢也看得出他所言虚而不实,都只是为了安慰自己的动听言语。想到他小小年纪被迫净身,心痛之余又恨命运不公,抱着他又痛哭了一番。

妩姜歉然道:"今日他若不是为了救我,便不致被蛇所咬,我不但没能照

顾好素问，还要他来保护我，这事都怪我不察。"

灵枢拭净了泪水，摇头道："这不是你的错，要怪只能怪那个公主。好在蛇没有毒，否则素问还得多受一番苦楚，甚至会有性命之忧。"

言下之意，不禁颇为愤懑。

素问心地纯良，年纪又小，不懂记恨他人，劝解姐姐道："算了，公主已经向我们道歉了，我也伤得不重。"

"可她身为公主，如此肆意妄为，实在是不该。"

第七章 请缨吾注

正说话间，柳述已将蛇放生了返回，见他们还在原地，便快步走过去。

妩姜抬眼见他："你来得正好，素问的腿不大灵便，帮忙扶他回东宫吧。"

柳述点点头道："小事而已，我来背他。"他蹲下身，让素问伏到他背上。

素问很是不好意思，连声推却，柳述道："瞧你这瘦瘦的小身板，还怕我背不动？"柳述不由分说便将他负到背上，站直了身子。

灵枢则感激地连声道谢，妩姜在旁捡起地上散落的菊花和花剪。

柳述摇头说不必，脸色却有几分凝重，问了一下灵枢，富平公主为何会恰巧与她一同出现。

灵枢答的与对妩姜说的并无二致，她胸无城府道："这位公主心地善良，说话轻声细语，完全没有皇族贵胄傲气凌人之态……"

柳述打断了她的话："她要与你讨论医理药性，该当去太医署才是，这里并非必经之路，你们为何绕道而行？"

灵枢愣了一下，答不上话来。她一直跟在富平公主后面亦步亦趋，并未仔细思量此事，当时掠过一念时，也只当这富平公主毕竟不是宫里的人，入宫次数少，对路径不大熟识，才绕了远路而已。

柳述虽未听见灵枢的回答，但只见她愣在当地的神情，也知道大概了，冷笑着边走边道："你们有没有想过，这个富平公主出现得太过巧合？她似乎有所预料，特地路过一样。"

经他这么一说，灵枢细细回想，确实觉得有几分蹊跷，抿唇沉思不语。

妩姜也沉默不言，她与柳述的想法相似，也觉得富平公主看来柔和温婉，平易近人，行事说话都滴水不漏，可就是有那么点说不清、道不明的感觉，她无法准确地形容出来，却隐隐觉得不是那么回事。

"你们以后见着富平公主，还是要避她一些，她与清都公主自幼相识，是亲密无间的手帕交，断没有理由为了你们去得罪清都公主。"

妩姜点头应是。

柳述又道："我听说这个公主非但是大冢宰的养女，其父也是大冢宰一派的权臣,她在宫中左右逢源,如鱼得水,可不像表面上这么单纯。"

四人一路行到东宫外,柳述将素问放下,他不便再入东宫,灵枢也与他一起目送妩姜与素问离去。

素问走得不太方便,幸得柳述折了一根粗直的树枝给他当杖拄着,妩姜便搀扶着他回到东宫。

回到书房,妩姜整理好菊花,修剪了插进花瓶,发现花枝还是少了,广口的青釉莲花尊显得空荡。那出意外令她只顾着赶回东宫,不方便再逗留着剪花,心想若是高芷看见,怕又要刁难。

果然门口便响起高芷的责难声:"你去了这么久,竟只剪得了这几枝菊花?妩姜,你怕不是趁机去御园散心了吧?风光太好,乐而忘返?"

妩姜不理她的冷嘲热讽,尽量将花插出个层叠错落的造型来。

高芷十分无趣,冷哼一声出去,转动着眼珠,往太子寝殿而去。

不多时,太子带着高芷来书房练字,目光自然而然地扫向仍在插花的妩姜,意外地发现那瓶花已差不多修剪成功,插成了一个提篮造型,非常别致。

高芷原是找了个借口撺掇太子过来练字,好让他看看妩姜如何办事不力,谁料这一来一去的时间,妩姜已在东宫院内剪了几枝凤尾竹与开运竹的枝叶来配菊花,花虽不够多,反倒显得逸趣雅致。

太子的目光一扫而过,似乎对那尊花瓶并未生出多少兴趣,吩咐了高芷磨墨伺候。

高芷轻咬下唇,一边磨着墨,一边偷眼打量妩姜的动向,见她收拾完花尊旁剪落的多余枝叶便要出去,心里着实郁闷。

太子提笔饱蘸了浓墨,却迟迟没有落下,眼角余光徘徊在妩姜细致的动作上,又瞥了一眼花瓶,终于还是冷冷淡淡地开了腔:"以后别做那些乱七八糟的杂事了,将这书房打理好才是正经。瞧今日这笔砚都未洗净,下次若再发现,唯你是问。"

他虽然不提名姓,妩姜也知道是在对自己说话,恭声应了,退了出去。

太子见她离去,心浮气躁地写了几个字,左右都觉得看不顺眼,"啪"地

将笔掷在纸上，好好一张宣纸被砸得墨汁四溅，还溅了高芷一身，连她脸上都未能幸免地沾了几滴。

在她目瞪口呆，尚未回过神来时，太子已甩袖离去。

在近身伺候太子的这段日子里，高芷其实过得没有想象中那么如意。

太子并不容易亲近，喜怒无常，情绪莫测，如上次在书房突然摔笔而去的举动，比比皆是。偏偏她始终摸不透他的心思，只能更曲意逢迎，委曲求全。

唯一能令高芷欢欣的是，妩姜终是被冷落了，每日都打扫着书房，难得近太子的身。

她时常幸灾乐祸地站在书房里，慢悠悠地检查着妩姜打扫的成果，说一些冷嘲热讽的话，妩姜始终安之若素的模样，反倒令她心里更气了，感觉一拳打在了棉花中，十分不得劲。

妩姜蹲在东宫院中的笔砚池边，一点点清洗着砚台，高芷看着渐渐变成乌黑的水将她的衣袖也溅上点点墨渍。

"我说妩姜，前一阵你不是上了朝堂，参与议政了吗？当时可是风头无两，怎么才两个月，陛下便将你抛诸脑后了呢？你的奇才谋略，广闻博识，统统都不管用了？"

妩姜只沉默地干着自己的活，任由她在那里喋喋不休。

正说得意兴横飞，天空中飘来云翳，天色瞬间便暗下来，显然有暴雨将至。

妩姜匆忙收拾东西，要赶在雨点落下之前回到书房。

高芷看了天色，往廊下缩了缩，生怕雨势急骤，波及自己。

恰在此时，东宫有人匆匆进来，尖尖细细的嗓子径自问话："妩姜在哪里？"

高芷循声看去，见来人烟纱笼帽，青衣拂尘，鬓发有些斑白，颔下却无须，依稀认得是周帝身边颇受宠幸的宦官，急步下廊阶去迎："公公有何贵干？"

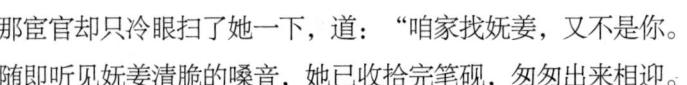

那宦官却只冷眼扫了她一下，道："咱家找妧姜，又不是你。"

随即听见妧姜清脆的嗓音，她已收拾完笔砚，匆匆出来相迎。

那宦官见了妧姜，却是眉开眼笑，甩了下拂尘道："咱家是来替陛下传话的，妧姜听旨。"

妧姜立即就地跪下，伏身听旨，原来是周帝宣她即刻去殿前面圣，片刻不得耽搁。

妧姜恭声领了口谕，起身随那宦官离去，只落下高芷一人瞠目立在院中，疑惑间黄豆大的雨点啪啪地打在她头上，慌得她抱着头直往廊下奔去。

匆匆赶到殿前，妧姜的身上已淋了不少雨，她顾不得收拾自己，快步上前见礼。

周帝面前左右两侧皆立着不少朝臣，正在商议什么，见她进入，议论声稍止，目光都集中在她身上，仿佛她的到来十分关键。

宇文邕对妧姜倒是和颜悦色，命她平身，站到自己跟前来，递给她一本奏章，让她给众臣宣读。

妧姜不明所以，展开奏本，目光一瞥落款，才知是随国公杨坚加急发来的奏报，说到今夏黄河上游雨水果然充沛，泥沙淤堵，引致下游泄洪。

随国公虽按妧姜所言，预先做了大量筹备事宜，终究还是低估了洪水泛滥之势，缺乏资金人力，需要朝廷拨资，鼎力援助。

读完奏本，妧姜心里有些沉甸甸的，一来为灾民忧心，二来为随国公的抗洪救灾烦愁。

宇文护上前道："自古以来，洪暴难治，纵已有所防范，犹未能解决一切问题。既然洪灾已成势，随国公也花费大量人力物力，不如就此作罢，待这场洪灾过后再行施救，以免杯水车薪。"

下面随即附议声如潮，甚至有人夹杂一二责难之语，说必是随国公执行防灾救护不力，导致如此后果。

因妧姜之前所言皆成事实，反倒无人对她出言指责，显然心中已有几分折服之意。

宇文邕一言不发,静听众臣陈词,风向竟然多半倒向宇文护,有些人的言辞简直毫无建树,只是逢迎附和而已。

好不容易等众人议论稍止,宇文邕才转向妘姜,和颜悦色道:"此事由你先提出,防洪堵漏之说也是依你之法,现在灾势已成,你有何新的建议?"

妘姜也一直静听众臣所言,此刻答:"妘姜只是区区奴婢,孤陋浅见,望众位大人包涵。孟子曰'民为贵,社稷次之,君为轻。是故得乎丘民而为天子'。故奴婢以为,百姓民生才是至关重要之事,大冢宰所言固有其因,亦不能忽视黄河下游沿岸数十万百姓。解民于倒悬,方为仁政;置民于水火,必将生乱。哀哀百姓都盼着朝廷援助,如何能视之不理?"

宇文护本未将这及笄少女放在眼里,闻言不由得冷笑:"黄口稚儿,又懂什么百姓民生、君轻民贵的?纵赈灾有心,也需行有余力,凡事不能量力而行,哪怕初始为善,终不过是好大喜功。小小宫女,不知天高地厚,岂不知赵括谈兵,止于纸上!"

妘姜没有与他辩解,只伏身向宇文邕请命:"奴婢愿请缨前往灾区,配合随国公赈灾济民,望陛下允准。"

底下群臣都各现讶异之色,宫女请命,前所未有,倒要看宇文邕作何答复。

宇文护也抱着看热闹的念头,袖手笑而不语。

其实,连殿上的宇文邕心中也是暗惊,却不动声色,低垂眼帘沉思。

隔了片刻,面色沉静的宇文邕才抬起眼帘,淡淡道:"允你所奏,即日起,朕将钦点几名殿前侍卫,护送妘姜前去灾区。朝中会尽快筹款拨运银粮物资,随后即至。"

众朝臣连同宇文护在内,都震惊不已。妘姜年幼,说她无知冲动尚可,周帝向来深沉果决,素有远见卓识,竟然也允准了这小宫女的请命。

"朕会赐一面钦使令牌予你,沿途所经之处,地方官员都需听从你的号令行事,不得有违。"

"谢过陛下,奴婢谨遵圣旨。"

第七章 请缨吾往

妩姜领旨出殿去，遇上殿前值守的柳述，他在殿外其实已听清一切，见她走过，悄声说自己必会设法请命随行，相护左右。

妩姜朝他递了个笑容以示心领神会，回了东宫。

宇文邕的命令是妩姜即日出发，她也没有太多东西可收拾，只打算轻装简行，待受命护卫的殿前侍卫过来便启程。

启程之前，她免不了要先向太子告辞，入了东宫寝殿，见着太子已是一脸盛怒，正训斥高芷。

妩姜见状一怔，随后高芷垂手躬身退出，脸上尽是晦气之色，不知太子何故发怒。

高芷退出后，她上前几步，正欲伏身请示，太子已箭步向前，双手扶着她的肩，十指渐渐用力，捏得她肩头生疼，讶然相视。

"很好啊，听说你要远行了？还是去灾区赈灾？你现在行事是越来越胆大妄为，次次都越过我这东宫太子，在你眼中，我这东宫之主形同虚设，完全无须尊重，是不是？"

殿前之事这么快便流传到东宫，妩姜心中也颇感惊讶，见太子如此盛怒，知道必是对自己赈灾一行大为不满，想要说服他赞同，只怕不易。

"自然不是。"妩姜感觉肩胛被捏得几欲碎裂，蹙起秀眉答，"奴婢自然敬重殿下，可今日事出突兀，陛下突然召见，事先奴婢也完全不知情啊，待到殿上，群臣纷议，大冢宰竭力反对赈灾，奴婢如何能坐视百姓生计于不顾？只是迫不得已才向陛下请旨。"

太子深吸了一口气，然后冷笑："迫不得已！好一个迫不得已，你既然是不得已，我便去向父皇请旨，阻止你前去！"

"不是的，殿下，你听奴婢说……"

"闭嘴！"太子断然拒绝她的分辩之词，"我这就去，赈灾一事，你休想成行！"他倏然松手，妩姜被他推得一个趔趄，险些摔倒。

"殿下，殿下！"妩姜站稳后想再向太子陈情，却已不见他的踪影。

她匆匆追出殿去，只见到太子步履甚疾，早已走出东宫大门。她一顿

足,知道以太子心性,自己是无法阻止他去周帝面前,只能待他碰壁后回转再说了。

便在妘姜坐立不安的当儿,灵枢、宇文赞与柳述相继而至,脸上却都带着笑意。

之前宇文邕命人在殿前侍卫中选拔,柳述自出请缨,赈灾这种吃力不讨好的事,既要长途跋涉,又有危殆之险,愿去的人寥寥无几,大家自然对他的请命乐见其成。

柳述领命后去告知宇文赞,他同样挂念妘姜,对她颇不放心,便备了些物资前来送行。灵枢是无意撞上宇文赞及柳述才知此事,三人相继而来,都是为她饯行。

妘姜对他们十分感激,絮语话别,灵枢心中十分不舍,拥抱了她一下,祝她此行顺利平安。

两人叙完,宇文赞递上一只小包,说是他替妘姜准备的盘缠。

妘姜解开包袱一看,里面竟是些价值不菲之物,还有散碎银钱金锭,忙拢起包袱想要婉拒。

柳述却伸手过去,替她包好收下,道:"姑且带上吧,或许将来有机会还给二殿下。我们沿途花费或少,灾区民众却水深火热,若能用于他们身上,不啻是二殿下之功德。"

妘姜听了也觉得有理,再看宇文赞含笑的眼神却极坚定,知道推拒不得,便颔首致谢。

宇文赞与灵枢话别离去,柳述又说了几句,也向她告辞,他回去后要将值守任务交接,也要回家稍做准备,按周帝的吩咐,翌日成行。

刚送完客,妘姜便听到高芷传唤,应声出去,见高芷一脸悻悻,从脸上神情看似乎刚被训过。

"殿下让你过去。"

妘姜心头暗叹,知道太子必是请令阻止不成,又在大发雷霆了。走入东宫寝殿,太子果然在盛怒之中,他脸泛青气,眼中有火焰在熊熊燃烧。

第七章 请缨吾注

她轻叹了一声，伏地施礼：“殿下息怒，奴婢此去是为黄河下游无数百姓，若能顺利成事，功劳断少不了殿下一份，大周的子民，将来终是殿下的子民，殿下拥有仁爱之心，当会理解奴婢今日所为。”

太子剧烈地喘着气，始终不说话。

妘姜不能抬头，只觉粗重的呼吸落在发顶，喘息声终于渐缓，化为叹息。

凭借对太子的了解，她缓缓抬起头来，澄澈的目光直视太子，并无畏惧。

太子俯首与她四目对视，眼中的戾气终究一点点被她柔和的视线包裹，颓然跌坐进椅中，细品她的话亦不无道理。

妘姜微笑：“奴婢清楚，殿下发怒只是担忧奴婢安危，并非真有怨意，奴婢其实心中是很感动的。”

太子瞪了她一眼，却越瞪越缺乏火气，终于只冷硬地问了一句：“此去千里迢迢，一路艰辛，你还有什么需要的吗？我让人去给你置办。”

妘姜偏着脑袋想了想：“陛下委派了侍卫随行保护，有马车相送，沿途应该不会遭遇什么难事，奴婢已经不缺什么了。”

"哦？"

"或许……应该去藏书阁借些书回来。此去赈灾，奴婢终究缺乏实际经验，大冢宰有句话说得对，不能仅限纸上谈兵，还需借鉴前人经验。"

太子哼了一声：“你挑个人陪你去选书吧，那么多书，十分沉重，想必你也搬不动。”

妘姜喜笑颜开：“谢过太子殿下。”

随后她选了两名太监陪她去藏书阁挑选书籍，都是历年来治理黄河的记载，包括一些水经、黄河河道水脉图册等，其中包括一些珍贵的孤本。

翌日，妘姜备好一切，整装出发，一辆宽大整洁的双辕马车停在皇宫门外，候在马车边的是数名侍卫，一名马车夫，出乎意料的是宇文赞也在一旁与柳述说话。

以柳述为队长，其余侍卫策马紧随左右，连驾车的马都非市井驽马，这阵势虽不算隆重，也丝毫不简慢。

　　见了妩姜，宇文赞又嘱咐了几句，无非与昨日大同小异，再三交代柳述照料好妩姜，莫辜负了他的信任。

　　妩姜上了马车，有人帮她将书一摞摞搬上去，她坐正了，便拿起一本书打算翻阅。

　　车身稍一晃动，有人掀帘入内。

　　她抬眼一看，是柳述抱了最后一摞书进来，在她对面坐下。

　　外头车夫虚甩一鞭，马车缓缓启程。妩姜奇道："你不与他们一起骑马，怎么也上车来？难道做了队长，想趁机偷懒，在车厢里打瞌睡？"

　　柳述见她一脸狡黠，知道她不过调侃自己，也戏言道："你搬了这么多书来，莫不是想临时抱佛脚？"

　　妩姜应道："是啊，书到用时方恨少，只怪我从前读书少，便只能充分利用沿途这段时间翻阅了。咱们此去可是背负着黄河中下游所有州郡百姓的生计安乐，哪能随意处事？我需要多看前人典籍，了解黄河水泾流向、先人堵缺经验，还要学他们的治水之法。"

　　柳述原只想与她说笑几句，见她笑意渐渐收敛，神态认真，心中也渐被感染，自觉责任重大，也拿过一本书道："我进马车，其实是看你带了许多书，想与你一同翻阅，到时候一人计短，二人计长，或许能帮衬一二。"

　　妩姜难得见他如此严肃又认真，心中也觉得欢喜，在众多堆叠的书籍里挑选了一本递给他："先看这册，这是从黄河起源及上游泥沙堆积缘由开始讲起的，凡事追本溯源，你先了解黄河为何泛滥、易生灾祸，再看治水与疏通河道。"

　　柳述听了她的话，频频点头，认真地拿书在手，慢慢翻阅起来。

　　马车颠簸之中，妩姜手捧书卷，渐渐看得入了迷，不知过了多久，她感觉腰酸肩痛，换了个姿势想要继续看，发现柳述的书已经合在胸口，他的头随着车的起伏一颠一颠，有节奏地进入了梦乡。

　　妩姜又好气又好笑，上前想轻轻拿走他手中的书，结果只一碰，便"啪"地一声掉在马车上，将他惊醒了。

第七章 请缨吾注

"啊？"柳述坐直身体，低头一看，手中空空，忙捡起自己的书，一本正经道，"我刚看到哪儿了？嗯……好像是第十页。"

妩姜看他装模作样地翻书，禁不住笑起来："好了，你实在累便躺下睡一会儿。"

"我不累。"沿途坐的都是马车，柳述哪好意思说累，正襟危坐地又看了起来。

妩姜笑着摇头，低头自顾看着手中的书。

马车一路平安出了京城，沿途他们准备了许多炊饼、包子等干粮，车上备了饮用的水，为了节约时间，加快行程，他们尽量稍事停靠，吃些干粮便赶路，若不是怕马匹太累，只怕会通宵达旦地上路。

接连奔波数日后，妩姜见人困马乏，车夫与骑马的侍卫都显得精神困顿，便吩咐在路边找家客栈住下来，吃顿热饭，顺便补充点干粮。

众侍卫都十分欣喜，找了间客栈投宿，吃饱后车夫去后院喂马，妩姜则挑灯夜读，一刻也不愿浪费。

直至油灯燃尽，妩姜倚着床，抱着书卷沉沉睡去。

次日柳述醒得早，到底他白日里坐在马车上看书催眠，并不乏累。起身下了楼，先去马厩看一下马匹，结果这一看却是吃惊，发现不仅侍卫们骑的马，连拉车的马也不见了。

他迅速上楼唤醒侍卫，逐间敲门，发现唯有车夫不在房内。

拍门声惊醒了妩姜，她整理衣衫出门来看，发现侍卫们与柳述一起拍着车夫的门，诧然问了几句，方知所有的马都失了踪，便匆匆去叫了店家来开门。

门一打开，空无一人，车夫果然无影无踪。

柳述微觉懊丧地自责："都怪我，自以为不是宿在野外，便无须值夜，没想到自己人中竟会出内鬼。"

妩姜也觉得车夫十分可疑，心知必是有人不愿他们前去赈灾，才出了这等下作法子阻碍他们的行程。如今再追究这个为时已晚，当务之急是解决行程问题。

　　柳述想了想,向店家询问了一下,这家客栈距离热闹的集镇还有好一段路,前后只有一些贫瘠的村落,买马显然不可能,从农家最多能买到几头牛,那还不如徒步赶路。

　　店家说他小店里只有一头骡子,柳述好说歹说,跟店家买下了那头骡子,套在马车上继续上了路。

　　侍卫们连柳述在内共有四人,与妘姜一同坐上马车,柳述在前代替车夫之位。

　　如此一来,马车少了一乘,上面又多了三人,载重后令速度缓了许多,又不敢让骡子超出负荷过度劳累,走一段还得停歇一下。

　　他们缩减进膳时间,骡车依然行得十分缓慢,好容易赶了两天路,遥遥见前方有个集镇,都雀跃起来。

　　侍卫们主动下了马车,徒步前行,好让骡车行进得更快些,先入了集镇。

　　柳述与妘姜先行一步,去了人口密集的牲畜交易处挑选马匹,妘姜随他看了一会儿,对马匹不太熟识,便去了旁边摊贩处,看看有无沿途可用之物。

　　她边看边挑拣几样物事,正想付钱,手往腰间一摸,发现钱袋竟不见了。

　　摊贩善意地提醒她:"小姑娘,刚才有个衣衫褴褛之人从你身后擦过,怕不是个小偷吧?"

　　妘姜一惊,忙询问那人的形貌。

　　摊贩努力回忆着,摇头道:"只记得模样像个乞儿,是个少年,往那边去了……哦,我听见他走过时有铃铛声响!"

　　妘姜谢过摊贩,便要去追,手上却被塞了几根缰绳,原来柳述买完马匹归来,站在她身后全听到了。

　　"你握好缰绳,等他们过来接应,不要到处乱走,我去追。"

　　没待妘姜应声,他已握着腰刀,如轻烟般追逐而去。

　　柳述循着摊贩所指方向,纵上屋脊,穿街过巷,循着铃铛声响直追过去,终于见到一个择路而逃的小乞丐。

　　他自屋脊跃下,拦在小乞儿面前,吓了那少年一跳。

110

"站住！你在集市时，可是偷了一位姑娘的钱袋？"

"没没……没有……"小乞儿脸上污脏，看不出神情，灵活的眼珠乱转着，显得十分心虚。

柳述手一伸，摊在他面前："我看你也是可怜人，你如实交还，我便不将你送官法办。"

小乞儿神情犹豫，畏葸地摸着腰间，似很不情愿。

他这一动作，倒让柳述留意到了他腰间系着的小铃铛。

那枚铃铛虽小，却是烂银打造，还能值几个钱，明显与这小乞儿的身份不符。

小乞儿见柳述两眼直盯着自己的腰间，更是惊慌，迫不得已从腰间取出妧姜的钱袋双手奉上："我……我还给你……就是，别抓我见官。"

他舔了舔唇，干裂发白的唇角有些哆嗦，漆黑的眼珠尽是惊惶之色，双手平举了钱袋好一会不见柳述伸手接过，不禁有些奇怪，偷偷抬眼看对方，才发现柳述的注意力似乎不在钱袋上。

正在他转动着眼珠，思索要不要逃跑时，柳述却蓦然伸手，一把抓住他的手腕，又吓了他一跳，颤了一下："大……大哥，我……我还你了呀……"

"先跟我走。"柳述牢牢扣住他的手腕，拉着他直往回走。

小乞儿跌跌撞撞地跟着他，哪比得上他人高腿长，直赶得气喘吁吁，边跑边哀叫："大哥，我求你，我就偷了这么一次，第一次，你放过我吧，我不想坐牢！"

柳述紧抿薄唇，不与他多话，两人拉拉扯扯地便到了妧姜等候的地方，侍卫们也都到齐，正帮妧姜牵着马，遥遥看见他将小乞儿抓回来，不禁有几分奇怪。

"就是这位姑娘。"小乞儿见着妧姜，哭丧着脸。

柳述先问妧姜："这钱袋是你丢失的？"

妧姜从小乞儿手中接过，翻看一下角上绣的花，点了点头。拉开袋口，清点里面银钱，数量并不少，道："柳述，放了他吧，出来行乞的都是些可怜

人,不过可得警告他,下次绝不可再犯。"

柳述摇摇头:"你再看看,这是何物?"

他一手将小乞儿拉近妩姜,一手去摘对方腰上的银铃铛。

小乞儿便急了:"那可是我的,不是这位姑娘的!"

他虽挣扎,却不及柳述力气大,银铃铛夺了过去,被递到妩姜手中。

妩姜瞪大眼,接过了银铃铛仔细地看,失声道:"这不是我们那辆马车上的马脖子上戴的吗?"

"不是的,那是我的……"小乞儿眨着眼辩解。

妩姜摇了摇铃铛:"这可是牲口的脖子上才挂的铃铛,你又不是马,将它拴在腰间,难道你也会拉马车?"

小乞儿涨红了脸,他自然分不清什么是牲口挂的铃铛,可烂银他还是识的,知道虽然不是纯银,也能值几个钱,便直着脖子嚷:"胡说八道,你们别诬我,谁家的牲口还拴银铃铛?拴个铜的便罢了!"

旁边的侍卫探头看了看道:"没错,就是这个,咱们官……咱们那马脖子上都是烂银的铃铛。"

小乞儿见好几个人异口同声,一时便心虚了,再看侍卫们虽然为行路方便都换了便衣,可衣着气度显然不是寻常人家的家仆,心里暗骂着倒霉,便抽个冷子想将手从柳述掌握中抽出来,脚底抹油,溜之大吉。

谁知柳述早防着他这一招,五指一紧,捏得他骨骼生疼,感觉手腕都要断了一般,痛叫了一声:"大哥饶命,我不跑了还不行吗?"

"快从实招来,不说清楚,我扭着你见官。"柳述虚声恫吓。

小乞儿冷不丁哭了出来:"我已经身无分文,三天没吃东西,你把我的铃铛抢走,不如将我送官法办吧,好歹坐牢还有牢饭吃。"

他抽抽噎噎,哭得十分伤心。

妩姜拉开柳述的手,嗔怪地白了他一眼,轻声道:"别吓他,但有一口饭吃,也没人愿意走上歪路。"

"是啊,我家原在黄河下游,房子田地皆被洪水冲垮,就剩我一个人流落至此，其余人还不知下落……"

妩姜从钱袋里拿了两串铜钱放在小乞儿手中，细声道："别哭了，这点钱给你，你实话实说，铃铛究竟从何而来？"

"是……是我偷的。"小乞儿擦了擦泪，见妩姜温言软语，气倒是虚了，不由得低下头去，脸上颇有内疚之色。

柳述便冷笑："你刚才可是说那是你生平第一次偷东西。"

小乞儿黑灰下的脸泛了红，抿嘴不说话。

妩姜又问："你是偷的谁的？还能带我们去找到他吗？"

小乞儿犹豫了片刻，不说话。

"你若能带我们到你见到银铃铛之处去，我便再给你一吊钱，若能找到身上有铃铛的那人，便再给你两吊钱。"

"妩姜！"柳述觉得她太过心软，不该如此纵容偷儿。

小乞儿却应声道："好，我带你去找他！"

一行人随着小乞儿在街上转了好几圈，上了一家颇为气派的酒楼，看见二楼临窗的座位上，正坐着那名马车夫，面前摆着美酒佳肴，正风卷残云般大快朵颐，丝毫没有察觉有人在朝自己走近。

突然间，他眼前一黑，视线被人挡住，抬眼看时，脖子上已架了一把未出鞘的腰刀。

柳述冷笑着看他："不错啊，在这里好吃好喝，乐不思蜀了？你主子不等着你回去报信？"

车夫缓缓低头，看着黝黑的刀鞘，又抬头对上柳述寒气弥漫的黑眸，干笑了两声："人生何处不相逢，那个……"

"说，谁指使你的？"柳述刀鞘一竖，抬起他的下颌，紧盯他乱转的双眸。

"这个……"马车夫额上见汗，又见侍卫们分各个方向将自己包围在正中，断了所有退路，只得垂下头去，支吾道，"是，是有人指使我……不过他也不是恶意……"

"用不着你来评判!直说是谁?"

"是……是富平公主!"车夫一受惊吓,说话倒顺溜了,"她说此去前路有许多危险,不愿意妧姜前去冒险,所以让我偷了马匹,好阻碍你们的行程,众位或可因此回头。"

富平公主?妧姜诧然,与柳述对视,在他们心中,想到过许多人选,以金殿上阻止她赈灾为首的宇文护,其余持反对意见的臣子也在她心中过了一遍,唯独没想到过富平公主。

这个与她八竿子打不着的公主,与她本毫无牵连,仅有的交集就是因清都公主的那两次会面,难道说……妧姜觉得又不太可能,清都公主不可一世,若要对付自己,哪还用拐弯抹角通过富平公主?她早亲自动手了。

"富平公主怎么可能做这种事?你一定胡说八道。"柳述的剑鞘抵紧了车夫下颌,压得他险些喘不过气来。

"真……真是她,若有半句假话,天诛地灭。"

妧姜见他信誓旦旦,将信将疑,对柳述道:"你别逼他了,放了他吧。"

第八章 少女钦使

打发了小乞儿,在妩姜的劝阻下,柳述又放走了马车夫,沿途他直嗔怪:"你呀,就是轻信他人,说了两句就信了。"

"不信又如何?他背后必有不可告人的靠山,送官法办,仍会被释放出来,你又不能滥用私刑处置他。"

妩姜顿了一下又道:"他说的话,虚实难辨,敌我难分,还不如放他走算了,免得强迫他一路同行,再生出什么幺蛾子。"

柳述听她说得也有道理,便问:"为何你信了小乞丐,却不信他?"

"小乞丐虽对你撒谎,可他一双眼睛十分干净,遇到心虚之事,脸红气短;这车夫哪怕赌咒发誓之时,眼珠也是在骨碌碌乱转,毫无诚意。"

柳述闻言便取笑:"你都会看相了。"

几人边行边采购食物,决定沿路尽量不再住客栈,已被耽搁两日,经不起再磨蹭。

用马换下骡子,侍卫们再骑上马,由柳述驾车,又上了路。

沿路行了数日,便到了崇山峻岭之处,夹道两旁皆是高山,他们在深峡间行走,总觉得这片地方静得有些瘆人,往来皆无人踪,心里便犯起了嘀咕。

马车转过峡谷时,山上丛林间一声呐喊,左右两边便陆续冲下近百人来,衣不蔽体,不少都面黄肌瘦,手里握着各种兵器,有寻常刀剑,也有农家的锄镰之物,看起来颇有盗匪的阵势。

当先一人喝道:"停车!"这人年纪尚轻,浓眉挑出几分凶戾相,肤色黝黑,露在衫外的手臂肌肉虬结,看来像个小头目。

旁边一个喽啰道:"此……山是我开,此树是……我栽,那个老大,后面是什么?"

身边那小头目拍了他脑袋一下骂道:"教了多少遍还是不长记性!"

柳述眼见形势不妙,非但没有停车,反倒催促马车强冲。

两侧的侍卫却被人拉下马来,一对十地打斗起来。

那些人见马车冲来,浑不畏死,依然聚众扑了上去,呐喊着拿兵器往马车上招呼。

柳述不得已纵身下车，持刀与他们周旋。他身手虽利落，却也抵不住对方人多，打翻了数人后，围着他的盗匪越来越多。

其余侍卫力不从心，陆续被擒。

柳述犹在作困兽之斗，瞥见有人冲上车去，将妩姜押了下来，不禁轻叹了一口气，束手就擒，心里却在寻思，这帮盗匪抓了他们只是捆缚起来不下杀手，看起来不是真正的绿林山匪，瞧这没有章法的阵势，怕只是些身手较好的青壮流民啸聚于此，打家劫舍。

他们被押上山去，连同马匹和马车都赶上了山。

翻过一座山头，到了盗匪们所居住的山寨，先有人上前，将他们结结实实地捆在了庭院中间的木桩上。

妩姜暗自打量这山寨，屋宇全是些颓败的旧瓦房，修葺一下便住了人，后面是新搭建的简易棚屋，破瓦山石堆砌起来，再铺上一层木板钉上，便算作住房了。

如此寒酸简陋，可见他们结成团伙的时间并不长，怕还有不少人是新加入的。

匪徒们一拥而上，将马车上的干粮银钱，包括众人随身携带的金银全被搜刮了去，看他们笑容满面的样子，这趟大丰收令他们喜出望外。

"来来，快来看这是什么？包子、烧饼……居然还有熟火腿和酱牛肉，啧啧……"

"好多钱啊，我这辈子都没见过这么多钱！"又有人惊叹。

"哼，看样子就是那些豪绅或官宦家的公子小姐，随身带了这么多银两！"之前那名带着凶戾之色的青年狠狠瞪了他们一眼，便有人上前踢了柳述一脚。

这时候，从其中一间看起来较完好的瓦房里走出一名中年男子，脸色有些阴沉，气色不比这些盗匪好多少。他一出现便被众山匪恭敬问候，尊称"寨主"。

这位寨主斥了踢人的山匪一句，走近察看妩姜他们，也以为是富家公子小

姐带着家仆上路。又听人说这些家仆身手还不错,轻"噫"了一声,淡淡道:"看好了他们,别让逃了。"

随后他便不再理会他们,过去检视众匪从马车里陆续搬出来的干粮,对妩姜的书不屑一顾。

他又分派了数人去山林中打些野味,道:"今夜咱们可以饱餐一顿了,好久没吃过米面做的食物了。"

山坳间响起一片欢呼之声,有些人甚至欢喜得眼中泛泪花。

这回打猎收获颇丰,不少人提了野味回来。

山匪们露天席地架起篝火烧烤,将大铁锅里盛满水,放了些干粮进去泡软烧成糊,又加了腌制的肉干火腿,不多时,各种香味飘满了山坳,被捆缚的柳述等人饥肠辘辘,都能听见自己腹中的鸣叫。

寨主扫了他们一眼,冷冷道:"等大伙儿分食完了,会赏你们一点吃的。"

柳述不喜他的态度,横眉冷对,毫不领情。

待锅中蒸汽弥漫,架上的野味油脂滴落时,山匪们开始开怀大吃,又有人抱出成坛的酒来,但不是每个人都能分到。

柳述在下风口,闻到飘送来的酒肉香气,知道不过是些劣酒而已。山匪中还有些未曾下山的妇孺,也都在忙碌后坐下来分吃,与他们形迹亲密,有些完全像是一家人。

柳述趁着无人注意,低低地道:"不过是群乌合之众,看来并不是悍匪,防守必定不严密。一会儿夜深人静,趁他们熟睡,防守人少,咱们便设法逃走。"

侍卫们以他马首是瞻,都点点头。

妩姜想了想,却摇头,轻声道:"不妥,他们看守也许不严密,可终究人多,只要有一人发现,叫嚷起来,追捕我们的人可就多了。还是应该另寻他法,逃得稳妥一些。"

正说着,那边有人嚷了起来:"怎么到我就没酒了?再去拿!"

寨主沉声道："别闹！你不是不知道，这是咱们最后剩下的酒了，哪里还有？"

那人不吱声，不甘地朝别人碗里探了下，发现分到酒的其实每个人也都是碗底浅浅的一点，两口便喝尽了。

柳述低声道："不过是些劣酒，分不到也罢！"

妧姜闻言，抬眼看了看暮色中满山的野树丛中，其中不乏野果树和盛放的山花，心中一动，扬声道："你们放着满山的酒却视若不见，倒将这些劣酒当成了珍物！"

"寨主，别听这小丫头片子的，尽胡言乱语。"

寨主抬手制止了下面纷乱的呵斥，扫了妧姜一眼，淡淡道："这里何来满山美酒？给你个机会说出其中道理来，否则……"

"这满山花果皆可酿酒，你们放着如此资源不用，岂不浪费？"

寨主略一沉吟，半信半疑："当真如你所说，你便酿来我看。"他倒不怕这个娇柔的小姑娘会逃脱，命人给她松了绑缚。

"可我需要采摘大量花果，你得找些人陪我一块去采。"

"你不许去，来人，去帮她采些花果来，越多越好。"

妧姜只能坐在那里候着。

好在山寨里人多，男女老少出动，没多久便采了好几篮子的花果来，堆放在妧姜面前。

妧姜拿到花果，有人陪她一起清洗干净，去了果皮，她将野果压榨成汁，加入甜曲放进酒坛，又加进了料理干净的鲜花，搅拌均匀后用泥封了酒坛，道："如果这坛子里透了气，酒便酿不成了。如此密封三十日，只要不解泥封，自会发酵成酒。"

寨主点头道："很好，一个月后若花果酒酿成，我便放你们下山。"

妧姜身子一僵，看向柳述，他也是一脸焦急和无可奈何的神情，又似乎在说：看，还是我提议入夜逃跑更靠谱些。

妧姜想了想道："我看你们打的那些野味只是架着烧烤，料理了才更好

吃,不如我帮你们下厨做几个菜?"

山寨中只有少数妇孺,有的还要照料孩子,看着也都是粗布蓬头的村妇,为大家炒几个简单的素菜便罢了,只能说是吃个熟热,谈不上任何滋味。

妩姜既然自请,倒也无人反对,领了她去寨里唯一的厨房。

这里一切搭建简易,大多时候是露天烧烤,厨房除了应有的土灶和柴草,就只有一口破旧的大锅了。

有个妇人进来,帮妩姜烧了火,燃了灶,妩姜就着刚打来的野味、采摘的山菇野菜开始烹制。

好在油盐糖醋还是有的,他们是就地取材,利用山里的菜籽粒和坚果榨些油,再熬些兽类身上的脂肪为油,存放起来。相对而言,盐就显得奢侈了,存量极少。

好在妩姜做菜手艺高超,没多久,一道道色香味俱佳的菜端上去,令山寨众人刮目相看。

不断有妇人进了灶房,询问些做菜的方法,妩姜也不藏私,边做边教给她们。

做完了菜走出去,寨主的脸色好了许多,妩姜被特准坐上了其中极少的几张桌之一,跟他们一同用餐。

柳述等人虽然仍被绑着,却有人过去送些干粮和水喂给他们,倒是没有虐待。

吃着吃着,席间有人落下泪来,便停了箸出神。

更多的人见了他的神情,也开始低低抽泣,令妩姜十分不解。

"这是怎么了?"

初时有人朝她瞪眼,并不回答,随即便有人叹息,多看了她几眼。

夕阳最后一丝余晖在天边隐没,山寨里没有人掌灯,只有烧烤的火堆尚有些跳跃的余焰,照得四野半明半暗。

沉重的叙述在这样的残暮里缓缓响起,低回的絮语像是尘封已久的记忆,凄凉而悠远:"小姑娘,你做的菜可真好吃,我爹和娘,这一生也没尝到过这样的美味，就被洪水……"

一言为引，此起彼伏的低泣声次第响起："是啊，我的孩子也都被洪水冲走了，一家七口只剩下我一个人了。"

"还有我们的田地、房屋……"

更多的人并不哭诉，只长吁短叹，或无声落泪，还有人重重一击桌子，将桌上的杯盘震得跳了几跳，潮红的眼中全是怒火。

妩姜静听了一阵，不时询问几句，才渐渐清楚，他们不过是群流离失所的寻常百姓。遭遇数十年一遇的水灾后，百姓无处可去，生灵涂炭，淹死的不计其数，房屋田地因此被冲得垮塌，一时间哀鸿遍野，哭声震天。

更惨的是侥幸存活的这些灾民，大多失去亲人，少数拖家携眷，面对饥馑和疫症。

对此惨景，沿岸官府竟然不闻不问，非但不肯开仓放粮，甚至在百姓涌入官府恳求时，将他们以啸聚犯乱之罪施以责罚，还抓了几人下大牢示众。

这些人多是灾后余生的精壮劳力，护着仅存的妇孺，反了官府，劫了被无故打入大牢的乡民，辗转来到这里落草为寇。而今山寨里的人，多是官府张贴了画像的悬赏山匪，在官府通告缉拿的反贼名单上难以除名。

山寨里的灾民们从初时凄凉哀叹的叙述，到后来越发愤怒，难以抑制，变成了慷慨激昂的痛斥。

柳述等人身为朝廷中人，也听得满心愤慨，不是滋味的同时，又觉得官府中尽是些昏官贪吏，若不好好整治，如何振兴大周？

妩姜待激愤的群情稍稍平复下去，站起身来，走到高处，朗声道："诸位乡亲，请静一静，先听我一言。"

喧闹怒骂之声一时低了下去，连原本在抹泪哭泣的也都停了下来。

四野安静下来，妩姜才镇定自若道："我知道，你们都是黄河沿岸的百姓，迫不得已才与官府为敌，可是你们现在啸聚在此，为的是什么呢？仅仅是活下去？靠着隔三岔五的打家劫舍，依山傍水打些野味苟活？这座山上资源有限，当野味打完，野果摘完，你们又将如何？"

寨主终于开口道:"听你这番大道理,倒是别有见解。凭你区区一个小姑娘,又能做什么?"

妘姜从袖中摸出钦使令牌,在众人眼前亮过,大多数灾民目不识丁,只是一脸茫然,倒是觉得这金牌锃亮,雕工精细,看起来很是值几个钱。

寨主倒是识些字的,颇有见识,睁大眼上前几步想要看清。

奈何天色昏暗,妘姜退了一步,并不将令牌交给他,只朗声道:"朝廷并不像你们想的那样对灾民的惨况无动于衷,事实上陛下对灾情早有关注,还派遣了随国公去筑堤通渠、去淤疏通,只是此次灾情范围之广、后果之重,实在出乎意料,才导致中下游的百姓遭了灾。至于官府不肯开仓赈灾,那绝非朝廷本意。只恨有些贪官污吏,上令而下不能行,欺上瞒下,混淆视听,才令百姓们受如此灾苦。而我正是陛下派遣去协助随国公的钦使,这块令牌便能证实我的身份。"

说完这些,妘姜才朝寨主走近了些,将令牌正反两面皆翻给他看,以证其言。

"这……果然是钦使令,可你……"寨主不由得看了看被缚的柳述等人,怎么都觉得柳述比妘姜更像钦使一些。

"我是东宫太子身边女官妘姜,奉皇命治水赈灾,那几位是沿途护送我的御前侍卫,寨主若希望我们能及时将上令传达、及时赈灾,便应当放了我们,勿耽误我们行程。"

寨主思索良久,命人将柳述他们松绑,可面对放他们下山的要求,却有了几分迟疑。

"我们现在可都是逃避官府通缉的亡命之徒,万一你们这一出去,将我们最后的据点告知官府……"

妘姜立即道:"寨主请放心,我们离开之后,先急后缓,将治水赈灾一事处置完毕,会设法去除你们在官府通缉单上的名字。"

寨主脸上掠过惊喜之色:"你还能帮我们在官府通缉名单上除名?"

妘姜点点头,神情真挚,毫无作伪。

122

寨主看了她良久，才渐渐被她眼神中的纯净澄澈所打动，这样的一个小姑娘，实在令人无法去疑心她的真诚。

"好！我放你们下山。"

"寨主……"人群中不乏有异议的，觉得轻易相信一个黄毛丫头有些不靠谱。

这些声音皆被寨主压下去，他扬声道："钦使令牌决计不假，她既然是朝廷的钦使，我们除了寄希望于她，还能如何？难道大伙儿真的将这种占山为寇的日子视为我们下半生的归宿了？靠着打劫和少量的猎物野果，真的能长久维持生计？"

纷乱的议论声终于渐渐止歇下去，只剩下或长或短的叹息之声，在苍茫夜色中平添几分辛酸。

柳述被解缚后，揉着被绑得酸麻不灵的手腕，走近了妩姜，低声道："我看我们还是连夜下山吧。"

他是怕夜长梦多，担心寨主反悔。虽说这些都是本性良善的灾民，可逼到这种程度，他们对官府和朝廷必然存着一定的误解，心生怨念是正常的，万一晚上有人向寨主进言几句，阻止他们离去怎么办？

妩姜知道他的担忧不无道理，悄悄从袖底捏了一下他的掌心，表示理解。

寨主说服了众人之后，看向他们："天色已晚，几位还是在寨中过一夜吧，毕竟这方圆百里人烟稀少，打尖投宿可是不易，再往前走，山间野兽出没也不安全。明日一早，我必亲自送你们下山。"

柳述刚想开口，妩姜已道："那就多谢寨主了。"

柳述微微敛起眉心，多少有几分担忧，却被妩姜握紧了手。

寨主替他们安排了住处，虽然简陋，好歹能遮风避雨，只是山寨中房屋有限，讲究不了那么多，妩姜便与柳述同住了一间，其余侍卫一间。

柳述拿了寨中人送来的铺盖，就地铺下去，盘坐下来，轻叹一声道："你就不怕生出什么变故来？"

妩姜淡定从容地一笑："信者不疑，疑者不信，他们原本都是纯朴善良的

百姓，我们所做的都是为了他们，我们彼此间应当互相信任才对。"

柳述知道辩不过她，只能含笑摇头，眼中不无纵容之色："好，你说的都对，就算有危险，我也会陪你。"

"这才对，连日赶路，又受了惊吓，我们还是好好休息一晚上吧。"

妩姜拉过了仅有的薄毯，和衣倒卧下来。

山寨中物资短缺，入夜之后几乎见不着灯火，这会儿更是全都熄灭，只有窗外洒落的月光银辉如轻纱般笼罩着一切，妩姜静静地看着蜷身躺在地铺上的柳述，心里感觉到少有的宁静与安详，不知不觉间轻阖了双眸，沉沉睡去。

柳述虽是陷入浅眠之中，却不时醒来，一会儿担心妩姜受凉，替她掖下被角，一会儿又担心会生出什么变故，竖起双耳静听外面的动静，这一夜却是没有任何异动，直至天明的时候，他困倦至极，睡得沉了些。

清晨旭日稀薄时，柳述被鼻中的瘙痒扰得受不了，接连打了几个喷嚏，翻身坐起，闭眼捞过去，握着个柔滑温软的纤细手腕，便打着呵欠睁开眼来："是哪个淘气鬼拿草叶儿挠我鼻子？"

妩姜被他用力一拉，险些从床上跌下来，手中的草叶上滚落了一粒露珠，随之撒落的是一串笑声。

"起来了，我们得赶路了！睡得这么沉，我叫了你好多声都不醒。"

寨主果然信守诺言，不仅亲自送他们下山，还送了好些山上的野味，皆是他们打猎所得、腌制的干肉及少量坚果。

妩姜再三推辞不得，只得收下。

到了山脚下，他们的马车已被山寨中人拉至谷口等候，除了少量的干粮，盘缠衣物一样未缺，尤其是妩姜视若珍宝的那些书籍。

"这一路，除了咱们山寨最大，还有少量流寇，入夜还有野兽，并不是很太平，我护送你们出这山脉。"

妩姜一时讶然，见寨主带了许多精壮男子，手持兵器或农具跟着，想推辞几句，又觉得他说得有理，只能谢过。

寨主护送他们一路，走出了这片山谷，才止步向他们拱手告辞。

妩姜临别又想起一事:"有件事还要拜托寨主,此次赈灾,我们先行一步,朝廷随后有车马押送银粮由此经过。我知道你们资源短缺,生计艰难,但还请寨主约束众人,不要劫赈灾物资,也照应他们走出别的流寇范围。"

寨主点头应诺:"请钦使大人放心,我必会好好跟他们说清利害关系。我们依山傍水,短期内还能维持生计,从今日起决不再行打劫之事,只静候钦使佳音。"

一行人与他们依依而别,马车继续前行。

离开这片人烟稀少的山地,便进入了曹县地界。

之前在山寨中听山匪们提起,曹县也是灾区之一,山寨中便有来自曹县的灾民。

妩姜留了个心,从进入曹县便发现处处皆有水患遗下的满目疮痍,所到之处,无不是被洪水冲得垮塌的农舍房屋,农田皆淹没在洪水之中。

此时离灾情最严重时已过去一段时日,目之所及,许多地方依然一片汪洋,水面上漂浮着一些杂乱的东西,远远看去,似有家具、木板、衣物……再细看去,衣物包裹的,其实有许多都是泡得惨不忍睹的浮尸,还包括牛、马、羊这些牲畜尸体。

如今水位比水患严重时已下降了不少,否则他们的马车行走都很困难。可地势低洼处依然是一片泽国,沿路走去几乎不见人烟。

照说曹县水源富足,土地丰美,物产富饶,本该十分富庶,可就因不期而至的洪水,令百姓们民不聊生,背井离乡。

妩姜此时无心读书,攀在马车窗口朝外看,与柳述和侍卫们谈论灾情,忧心不已。

又走了一段,马车几乎蹚在水中,妩姜忽听闻有儿童啼哭声传来,忙掀开马车帘子,扯了扯柳述的衣袖,两人一起四下搜寻,才发现远处的水泽中,似有一人抱着木板,哭声便是从那里传来。

柳述目光如炬,看得比她要远些,说道:"似乎是个孩子,我下车去看看。"

妩姜点点头，叮嘱他要小心些。

柳述解了外衣扔给妩姜，下了马车后便往水泽里蹚去。毕竟过了这么多天，水位下降了不少，他又修长高挑，直走到水中央，才不过没及胸口。

妩姜忧心地观望，见柳述抱着浮在木板上的孩子，扛在肩头往回走，心情才放松下来。

风中传来孩子有一搭没一搭的抽泣声，近了看出只不过是个六七岁的小孩，瘦骨伶仃的，也不知饿了多久，连哭声都有些无力了。

有侍卫跳下马去，帮柳述接过孩子抱上了马车。

柳述也跟着湿淋淋地上车，见妩姜已经翻开包裹，找了件干燥的衣衫帮那孩子换上。

"你转过身去。"

妩姜一怔，随即知道他也要换衣服，莞尔一笑，抱着孩子转过身去，细细打量他，这孩子看来不过六七岁，头倒是大大的，身材却极瘦削，一双眼黑如点漆，明亮而灵活，却充满了惊恐无助。

妩姜温言软语地问他话，这孩子原本渐止的抽泣声忽然又响了起来，一边咬着手指，一边含糊不清地说他爹娘不见了，问他如何不见，只指着窗外说，被洪水卷走了。

妩姜见他一直吮手指，觉得太不干净，拉开他的手，见他又想往口中送，才想起来他必然是饿了，忙翻开包裹，取了一块饼递给他。

果然，孩子接过去，狼吞虎咽地吃起来，边吃边讲述。

他年纪幼小，经历如此惨绝人寰的灾难，又饿了许多天，讲述有点凌乱，语无伦次，妩姜捋了一下终于清楚，灾难发生时，他的父母带着他和哥哥姐姐往高处跑，见到一家院子里无人，又支着梯子，便爬上梯子将他送到屋脊上。就在他们想把另一个孩子也抱上去的时候，一个浪头打来，洪水便吞没了他们。

奔逃时他背上还有一个小包袱，是他娘帮他扎在背上的干粮，是家中最后一点口粮。他孤独无援地背着小包袱努力地爬到屋脊最高处，抱紧了屋脊一角的瑞兽伤心地哭。

洪水一浪又一浪地打过来，他除了紧紧抱着屋脊的瑞兽，连动都不敢动一下，不时有浪头高过他的身体，将他打得通身湿透，好在他所处的地势较高，爬上的这户人家屋子建得牢固，且十分高大，洪水还好只淹没到屋脊一半，并没有将房屋完全冲垮。

浪头小点的时候，他很小心地解开包袱吃一点干粮，就这样日晒雨淋地在屋脊上存活了好多天，夜间也抱着瑞兽昏沉入睡，生怕自己会摔下去。

洪水一点点退下去，他即使再节约干粮，也终于吃光了。这天他实在饿得没办法，看见水上有漂浮物，伸手想去捞，看看是什么，结果就从屋脊上跌下来。手脚乱舞之际抓到一块漂浮的木板，他牢牢攀着，大声哭着求救，便遇到了妩姜一行人。

"这小家伙，运气好遇上了我们，不然身单体薄的，纵然抱着块漂浮的木板，也撑不了多久。"

妩姜回头一看，柳述已经换了身宝蓝色锦丝便服，一双软底皂靴，衬着他犹如冠玉的脸，宛如一个翩翩世家公子。他甚少穿得如此体面，贵气中带着几分随性，往日见他时，多是玄青色侍卫服饰，英气中难免带几分威压，面对小孩子便显得不太亲和。

这身衣衫一换，孩子看他的眼神便欢快了许多，听他们说要去当地县衙，脆生生地道："我认识，我给你们指路。"

柳述有几分惊喜，拍着他的脑袋："小家伙，谢谢你了。"

孩子一偏小脑袋，钻到妩姜身边，抱着她手臂："我不叫小家伙，我叫二宝。"

柳述见他一脸抗议的表情，不禁失笑，想把他抓过来再问几句，他却贴着妩姜不肯离开。

柳述酸溜溜地说："妩姜，怎么连这个小家伙都喜欢黏着你？明明是我救他回来的。"

妩姜抿嘴笑，轻声和二宝耳语几句，然后道："你穿着侍卫服太严肃正经，二宝说有点怕你。他说官府那些大爷穿得和你有点像，都很凶。"

柳述怔了一下，平添几分愤慨："那些官老爷，作威作福惯了。"

马车上了大道后，终于渐渐见着了人烟，沿路多是衣衫褴褛的乡民。行近衙门时，他们发现有不少灾民与他们一个方向，奔向衙门而去。

妩姜怜悯灾民，沿路见着乞讨的便施舍干粮，引得灾民们纷纷聚上来，很快干粮尽了。柳述见势不妙，立即跳下车拦截了乡民，劝解几句，让他们跟着马车一块往衙门去。

他跳上车对妩姜道："我们还是快赶到衙门，开仓放粮才能真正解燃眉之急，我们所带的这点根本不够。"

妩姜点头同意，柳述加快驱车，很快到了县衙外，远远见大量灾民云集于衙门外，喧闹声、哀求声、哭喊声震人心魄。

灾民包围之中，是持刀拿枪、衣甲鲜明的衙差，护卫在衙门口前，堵得严严实实，不令灾民进入。面对这些哭求哀告的灾民，衙差们无动于衷，反倒吆喝着将他们往外驱赶，有的甚至凶神恶煞，斥骂推搡。

再看周围，还有些灾民破絮烂衣地裹着，蜷缩在地上，似乎连夜间也在此和衣而卧，官民僵持局面怕已非一两日了。

柳述停了马车，将马拴在一旁，走近了瞧，发现蜷卧在一边的有病得无法起身的，再远处还有一动不动的，死活不知，满目疮痍，凄凉惨淡。

妩姜牵着二宝跳下马车来，找了路人询问，才知道灾民自洪水稍稍退去之后，便商量着聚众来衙门口乞求开仓赈灾，这情形已有许久。而县衙以粮仓空虚为由，要等候朝廷赈济，对灾民拒而不理，更嫌有人击鼓鸣冤十分烦扰，便将衙门口都派人围堵起来。

发展到近日，十里八乡的灾民越聚越多，县里长官怕灾民起哄造反，派出阻拦的衙差越发多了，还都持刀拿枪的，见有人言语过激便以暴民作乱为由抓下牢狱，以儆效尤。如此一来，哪还有人敢高声喝叫？

柳述在后面听了，不由得怒形于色，连妩姜心内也怒意倍增，难抑愠色。

正说着，不远处有婴儿的哭声渐渐歇止，一声男子的怒吼响起，引得他们朝那边注目。

第八章 少女钦使

墙角边，一位年轻女子怀抱婴儿，眼角挂着泪珠，却似连哭的力气都没有，苍白的脸血色全无，随时都可能撑不住的样子。

身边的男子对着婴儿哭得泣不成声，刚才那声怒吼便是他发出的。突然之间，他站起身来，踉踉跄跄扑向人群，挤到县衙门口，揪住一名衙差悲痛欲绝地质问。衙差将男子推了个趔趄，大怒之下提刀便砍。

柳述全身血液上涌，不假思索地伸腿一踢，一粒小石子飞过去打落衙差手中的刀。

衙差震怒，四下张望，骂道："是谁？谁躲在暗处捣鬼？"

妘姜迎着他的目光走上前去，周围灾民见这小姑娘衣饰齐整，气势非凡，不由自主便让开一条道来。

妘姜扶起受伤的男子，指着刀被打落的衙差怒喝："你身为官府中人，怎可如此草菅人命？他可是个活生生的人，你那一刀下去，很可能就要了他的命！你们这些助纣为虐的人，不配拿朝廷的俸禄！"

衙差起初听她说话颇有气势，条理分明，衣着又不似寻常百姓，定了眼上下打量，发现不过是个十四五岁的少女，不由得冷笑："哪里来的黄毛丫头，轮着你在衙门口撒野？"

妘姜走近了，正颜厉色道："我要见你们县令！"

一众衙差围了过来，有人轻笑："见我们县令大人？你是什么人？"

柳述一抬眼，就见有衙差提着刀上前要拘妘姜，口出恶言："这黄毛丫头莫不是来煽动灾民造反的？我看她居心不良，先拿下了关进大牢再说！"

柳述忙纵身上前，三招两式打倒想拿下妘姜的衙差，却引得更多衙差围上来。

妘姜亮出钦使令牌，高声喝道："我是陛下钦使，以此为令，你们谁敢碰我？"

一句话镇住了所有衙差，他们不明就里地看看令牌，又看看妘姜，无法确定钦使令牌的真假。终于有人回过神来："请恕我无法确认这令牌的真假，我去请大人出来。"

正值午膳时分,曹县张县令的面前摆满了珍馐美味,奢靡竟然不下于宫中日常宴饮。

他身边倚坐着姿容妖媚的爱妾,两人吃喝说笑,对衙门大堂外的诸般惨事无动于衷。

衙差进来禀报有钦使上门的时候,张县令犹在打着饱嗝,心不在焉地跟爱妾说话:"今天的鱼有点不新鲜,是不是离水太久死了才做的啊?……钦使?你说什么钦使?"

衙差小心翼翼地又道:"外头来了几个人,看服饰有点像官门中人,还拿着钦使令牌。"

"钦使是个什么玩意?"张县令好容易回过神来,"你是说朝廷派来的钦使?速去请进来!"

想了想觉得不对劲,他问道:"长什么样?"

衙差边回忆边描述一遍,张县令不由得冷笑:"一个乳臭未干的黄毛丫头?你开本官的玩笑呢是吧?"

张县令挥手就想撵他下去。

"大人,她有令牌,六角鎏金,雕工精细,不像是一般货色。"

"去要过来看看。"

衙差匆匆出去跟妫姜要令牌。

妫姜倒也不怕他私吞了令牌,便递给他。

柳述冷笑:"好大的架子!"

妫姜柔声劝慰他几句。

柳述不忿道:"我只是替你不平,等见了这狗官,非教训他一顿不可。"想了想心生警惕,"这么久不见我们,怕是他想掩藏些什么。"

柳述的猜测不错,张县令不直接将他们请入,而是先索要令牌观看,除了心中有疑念外,还在命人迅速收拾着酒席,让他的爱妾另行回避。

等衙差请了他们入内,张县令已令人收拾好了一切,一身官服笔挺,拍打着袖子出来迎客。

第九章 智取仓廪

虽然说心里疑念迭生,张县令还是毫不怠慢,一脸笑意相迎,却暗地打量着这一行人,越发地不信钦使竟然会是这个小姑娘。

妩姜很客气地表明了自己的身份,张县令点头哈腰,将钦使令牌呈上,并吩咐下面的人上午膳招待贵宾。

妩姜略一敛秀眉,想要推辞,柳述却在袖底握住她的手,然后顺应张县令的意思,与侍卫们团团坐下。

很快有丫鬟上了清粥小菜,一大盆子的粥,几乎清可见底,里面沉浮着为数不多的米粒,上来的小菜也是些色相不佳的腌制干菜和萝卜条。

"各位一路风尘,想是还未及用膳,午膳时分都过了,来来来先用膳。"

"外头灾民如潮,相比我们,他们更饥寒交迫,张大人,处理灾情的事比我们用膳要急迫。"

"磨刀不误砍柴工,二位钦使,请上座。"

妩姜深吸了口气,按捺着急迫的心情落了座。

柳述介绍道:"这位才是钦使,我们只是负责护送的御前侍卫。"

张县令心中更是惊讶,等柳述等侍卫亮了腰牌,消除了原本的疑惑,至此添了几分信任。

妩姜见婢女递到自己面前一碗清粥,举箸拨了几下捞不起米粒来,便听张县令面露难色地急切解释:"近来官府也是银粮短缺,不得已让钦使大人用这种膳食。"

他又斥了婢女一句:"让你们好生款待,怎么不多放些米?"

小丫鬟后退几步,面露怯色:"大人,实在是厨下没有米面了。"

张县令歉疚地朝妩姜道:"下官平日也是这样的,实在是委屈钦使了。"

妩姜淡淡一笑表示没关系,目光却不经意地掠过张县令圆滚的肚子。

草草吃了几口,妩姜起身再要求张县令开仓赈灾,他却面露难色:"钦使大人,不是下官故意如此,实在是官府粮仓中库存不足,强行开仓放粮也不过杯水车薪啊,反倒易生事端。"

"不管库存如何短缺,但有最后一点粮食,都应赈济百姓,张大人不肯开

仓放粮是何道理?易生事端不是理由,纵然余粮不够,能救得一人也是胜造七级浮屠,身为父母官,怎能搪塞敷衍?"

张县令狡辩了几句,柳述暗中观察他眼神闪烁,心里觉得事有蹊跷,插了一句:"口说无凭,眼见为实,张大人还是带我们去粮仓看看。"

张县令一愣,妩姜随即也提出相同要求,他无法推阻,只得同意带他们去粮仓。

官府粮仓在县衙之后,谷仓建得倒是高大,周围有重兵看守,进了粮仓,妩姜等人分别检视,发现几个谷囤大多空置,仅有两个有米面的,只堆放着些陈糠杂稻,看那些囤粮的色泽质地,泛黄不说,还有带着绿色霉点的。

妩姜沉默地捻着陈米,放眼望去,这几斗米尚不足外面灾民一日之粮,张县令所言倒是无虚。她抬起眼来,看着张县令红光满面的脸,怎么也不像是半饥半饱度日的模样。

张县令闲适自在的眼神更有几分得意,像是奸计得逞。

柳述与妩姜有相同的怀疑,两人不易察觉地交换着眼色,他便悄然后退了几步,目光四下逡巡,见着了墙角有个老鼠洞。

趁着张县令的注意力都在妩姜身上,柳述悄悄弯腰,抄起一把米运内力朝老鼠洞内撒去。

洞内老鼠被运足内力的米粒撒中了,受惊逃逸,自老鼠洞里蹿出来。

柳述眼明手快,抽出腰刀直劈下去,将四下逃窜的老鼠中最肥硕的一只斩成两段。

张县令被突如其来的老鼠吓得惊跳后退,尖叫声中一个趔趄往后倒去。他体态肥硕,肚腹凸起,重心不稳,便四仰八叉地坐倒在地。

妩姜知道柳述绝不会无的放矢去砍一只老鼠,虽然感觉恶心,仍三两步上前,俯身察看。

柳述拿刀尖剖开硕鼠腹部,竟然还有散落的米粒未被消化殆尽,颗颗色泽莹白饱满,完全不像是粮仓里这些泛黄发绿的陈米。

"这是怎么回事?"妩姜指着散落的大米质问。

第九章 智取仓廪

张县令先是一愣，随后揉着屁股哎哟哎哟叫唤，艰难地爬起身来，咕哝道："这不是老鼠吗？钦使大人久居宫中，怕是没见过？这有什么值得大惊小怪？"

妩姜神色端严，问："我问的是老鼠腹中的米！"

"这个……下官哪里清楚？它是老鼠，又不是人，还能问到它去哪儿偷吃了米，又钻回粮仓里来？这些东西可比人灵敏多了，哪里有吃的就知道钻哪里去，保不齐是从哪个大户人家蹿过来的！"

妩姜和柳述对视一眼，见他眼中隐隐有怒火，朝他轻轻一摇头，知道在这种事上和张县令争辩毫无意义，刚才那顿午膳的招待已经看出这死胖子早有防范，不设法揪出真相，只与他徒争口舌，会引起他更多警惕。

她平心静气道："张大人，老鼠这事不谈，这仓中余粮不多，确实都是陈米，但衙门外的灾情更为急迫，还请大人命人将这些陈米用水淘过，熬粥施放灾民，先解燃眉之急。"

话说到这份上，张县令只得干笑一声："是，下官立即命人去置办此事。"

陈米被淘过之后，加了许多水熬粥，分派到灾民头上勉强够人手一碗，妩姜等人在施粥现场观看灾民涕泪交流地领着稀薄的粥，一度心酸落泪。

入夜后，妩姜等人被安置在县衙客房里，二宝与她一间，姐姐长姐姐短的，寸步不离。好容易将他哄睡了，妩姜悄悄地出了房门。

心有灵犀般，她看见柳述也悄悄自房中出来，蹑手蹑脚带上了门。

柳述朝她比了个手势，两人悄悄往后院走去。

后院是县令休息的地方，两人悄悄潜入，柳述将窗纸抠出洞来，透过孔洞往里面看去。

屋内是间花厅，张县令正在此间进晚膳，跟他的爱妾谈笑风生，嘴边满是油腻。一席美酒佳肴，鸡鸭鱼肉一样不缺。

那美妾怀里抱着只黄白相间的猫咪，皮毛光泽亮丽，体态圆润慵懒，叫声尖细娇气，十分可爱。美妾已经吃饱，拿了桌上剩下的大半条鱼去喂它，猫咪

显得很挑食,吃了几口,意兴阑珊。

两人悄然退开,回了住处。

柳述冷笑:"连猫都吃得比人好!不管他伪装得有多周全,我也知道他不对劲。"

妩姜点头:"暂时不要打草惊蛇,县令的膳食来源,我们得查清楚,给他来个釜底抽薪。"

翌日清晨,张县令带着妩姜,亲自巡视灾区,了解民情,一脸亲善模样。妩姜安慰灾民,朝廷赈济款项及粮草随后便到,让他们安心。

这一天下来,养尊处优的张县令累得叫苦连天,又嫌弃亲涉灾区弄湿了他的靴袍,躲在屋内让人给他更衣捏腿,口中抱怨连天。

这会儿,爱妾又哭哭啼啼地进门,说自己养的猫不见了,已经在衙门里找了一整天。

张县令窝了一肚子火,命衙门的人都去寻猫。

有衙差寻到后院时,柳述与侍卫们懒洋洋地一摊手:"屋子就这么大,你们只管找。"

衙差们赔着笑脸寻过去,也不敢当真细细搜查,只将角落和床底下用视线扫过一遍便出去了。

妩姜正在陪二宝玩耍,听说张县令的猫不见了,显得很惊讶,帮他们一起寻找,将衣柜床底都寻过一遍,见他们的目光溜向她随身带的一口大箱子,便笑道:"这里头是我随身携带的一些书和衣物,你们莫不是也想看看?"

她很大方地打开箱子,衙差们伸长脖子远远望一眼,见里面除了码得整齐的书,还有一个蓝布包袱,显然是她的衣物。

姑娘家的衣物他们当然不便翻看,讪讪地便走了出去。

待衙差们尽数离开后院,柳述才进了妩姜的屋子,见她和二宝将箱子中的衣物书籍往外搬，忙过去帮忙。挪开这些，才露出箱中的隔板，里面装着一只被捆了四肢堵住嘴的猫咪。

柳述摸着二宝的头："多亏你这个小机灵鬼看见他们到处找猫，过来通风报信。"

二宝抗议地拿掉他的手："我又不是猫咪，不要老是摸我的脑袋。"

妩姜小心地抱出猫咪，解开它的束缚，抚摸着它柔顺的长毛哄道："乖猫咪，你受委屈了，我也是实在没办法，怕你喵喵乱叫才这样做的。"

猫咪很委屈地"喵呜"了一声，伏在她怀里，伸出小爪子挠着，一会又跳下她膝头，焦躁地到处寻找着什么。

"它是饿了。"柳述道。这猫儿娇生惯养的，平日大鱼大肉的吃惯了，陡然被抓着关起来饿了这么久，早就饿得前胸贴后腹，受不了了。

妩姜有些不忍，还是道："还得将它关进柜子饿一阵，等夜深了再放它出去。"

柳述捉住它关进衣柜，便等着天黑。

二宝入睡后，柳述溜出去探了一下动静，才回来让妩姜放出了猫。

房门洞开，饿得迫不及待的猫儿一下子蹿出去，柳述如影随形地跟着。

外头月明星稀，万籁俱寂，猫儿落地无声，柳述的身法同样轻盈如絮，跟随它到了衙门膳房。

县令早有防备，膳房里平日的熟食干肉一样不留，连水缸里养的鱼都没留下一条，只有满缸清水和纱橱里一碗咸菜。

嘴刁的猫咪闻了一下，满心失望，"喵呜喵呜"地叫着，东蹿西纵，将膳房寻遍了也没找到它想要的食物，便蹿了出去。

妩姜早候在院子外，见柳述跟出来，忙疾步跟上。

猫咪跑得轻快，身形又灵巧，上蹿下跳，尽拣偏僻处行走。柳述倒是跟得紧，妩姜却不行，只能沿路注意他留下的记号尾随到了县衙后的一处空地。

这里四下僻静，修竹成林，围绕着一口枯井，柳述站在井口候着她。

"猫咪呢？"妩姜不见猫的踪影，心中有几分焦急，生怕跟丢了。

柳述指了指井口垂着的绳索:"它跳入井中了,你在外面等我,我下去寻找。"

妩姜点点头,在上面替他望风,一面打量着四周的环境,发现这里位于官府粮仓之后,不远处黑黢黢的建筑就是粮仓。

又等了一会儿,她盯着井口,却听见背后有人低低地唤:"妩姜,这里!"

妩姜惊讶地回过身,就见柳述提着一盏灯站在粮仓外。

她大感意外地奔过去,发现柳述身边的那扇门只要关上,便与周围墙壁浑然一体,一点都看不出这里竟然有道暗门。

"这是粮仓的一道双重暗门,咱们进去。"

妩姜跟着走进去,柳述将灯给她提着,走到墙角,看见一片清理了杂物腾出来的干净地板。柳述抬起那块地板,露出了通往地下的阶梯来,妩姜跟着他小心翼翼地逐级而下,眼前豁然开朗,整间地窖十分宽广,占地面积与上面的谷仓一样,墙壁也建造得坚固,几个谷囤里堆着冒尖的米面杂粮,另隔了间冰窖,用来储存肉蔬瓜果,甚至还有许多坛美酒。

猫咪正扑在一条风干的鱼上撕咬,看得出饿得狠了。

妩姜愤慨道:"百姓遭遇灾难,民不聊生,张县令却在此囤积粮食!"

柳述摸着下巴道:"我们就让他好好尽一下父母官的职责,做一回清官!"

陪妩姜巡守了一天,夜里又找猫折腾到半夜的张县令累得倒在床上,睡得死猪一般。待日上三竿,婢女叫他不醒的时候,县里主簿匆匆进来。

"大人,大人!"主簿见张县令依然鼾声如雷,急道,"大事不妙了,外面都翻了天了!"

主簿的声音太响,张县令终于有了动静,不耐烦地翻了个身,迷糊道:"船翻了?又来洪水了?"

主簿无奈地冲着他耳边禀报:"是天翻了!京里来的钦使带着她的护卫们

在外头施粥布食呢！"

"施就施呗，关本官何事？"张县令终于给吵得半醒了，不耐烦地答。

"很多的白米饭、馒头、包子，他们哪来那么多粮？衙门口的灾民都要堆成山了！"

张县令一个激灵，全醒了，光着脚跳下床："很多？有多少？"

官帽都没戴正的张县令冲到县衙门口时，被眼前壮观的景象惊呆了——外面一长溜的施粮摊子，百姓们正在妧姜和御前侍卫们的维持下排着队，拿着瓦缸碗盆领食物。

除了几大盆热气腾腾的稠粥，还有飘着香气的白米饭、白面馒头和满笼屉的包子。

张县令气急败坏地走上前，顺手抓起一个包子掰开，发现竟然是新鲜的肉馅，飘香的味道诱得他都想去咬上一口。

"这是怎么回事？"张县令忍不住跳脚。妧姜他们下榻在县衙，随身有多少物资他是很清楚的，绝不可能有这么多新鲜粮食来赈灾。

这时候，衙门的县丞匆匆过来，附耳对张县令说了几句，他的脸顿时白了。

"什么？开我的粮仓赈济……"张县令一脸狰狞，就要发作。

妧姜站到一张长案上，振臂高呼了一声："曹县的乡亲们，听我说！今日能有粮食可派，全是你们曹县的县令张大人开仓赈灾，大伙儿快来感谢青天父母官张县令！"

张县令一脸的怒色僵住，眼见许多不明就里的灾民靠拢过来，热情洋溢、充满感激地道谢，甚至有人感恩戴德地对他叩拜起来，这场怒火只能硬生生压下去，强行变成了干笑。

"张大人真是青天大老爷啊，前些日子我们还骂你不为百姓做主，昏庸无道，真是对不起啊！"

张县令继续干笑："嘿嘿……那个，没什么，本官只是行了分内之事……"

一时感恩声如潮,连县丞都目瞪口呆,什么都不敢多说了。

"乡亲们,继续领……继续,本官还有些小事要回衙门处理,你们吃好喝好……"张县令发现自己已经气得语无伦次了,赶紧掉头走人。

县丞慌慌张张跟在他身后离去,两人穿过衙门大堂,心急火燎地从县衙后院直奔粮仓,待发现暗门大开的时候,张县令已惊得呆住了。

他几乎是连滚带爬地冲进了粮仓,沿阶梯下到地窖,见谷囤空了一半,一时急火攻心,两眼不由翻白,往后仰倒。

县丞跟在他身后,慌乱地想要扶住他,却因他身体太过肥硕而支撑不稳,两人一齐重重摔倒。身形矮小的县丞吃不消这座肉山般的重压,龇牙咧嘴地用力推着,好容易才把身上肥猪似的县令推开。

这会儿外头赈灾施粮也差不多完事了,妩姜哼着小曲儿,和柳述等几名侍卫一起回了县衙,手里还各拿着馒头包子在咬,吃得齿颊生香。

"好久没吃过热包子了,味道真好。"一名侍卫含糊说道。

"张县令粮仓的白面做的格外好吃。"妩姜笑着,两腮也被撑得鼓鼓的,眼里盛着星光,笑容十分可爱。

柳述笑着伸手拂去她脸颊的馒头渣屑:"瞧你,吃得像只猫儿一样。"

"说起猫儿,我倒挺想念张大人那只猫咪的,这次它居功至伟,回头得给它记一大功。"

正说笑间,县丞打头急急地进了院子,后面跟着几名衙差,拿板门抬着肥头大耳的张县令进来了。

"这是怎么了?哟,这不是我们青天父母官张大人吗?"柳述笑着走上前去拦着他们的去路。

衙差们放下板门,说怎么都唤不醒张大人,已派人去请县里的郎中了。

柳述笑嘻嘻道:"请什么郎中?郎中也唤不醒一个不想醒的人,看我怎么帮你们弄醒他。"

他俯身下去,对准张县令的耳朵大吼一声:"张大人,你的粮仓空了!"

张县令果然一惊而起。

他睁开眼的瞬间便看见了妩姜边吃包子边对着他笑,气不打一处来,指着她怒声道:"都是你干的!这个钦使就是个冒牌货,来人哪,给本官拿下她!"

柳述没想到这死胖子说翻脸就翻脸,眼看着县丞跑出去迅速传令,衙门口便有越来越多的衙差冲进来,他眉头一皱,与衙差们缠斗起来。

虽说御前侍卫身手不凡,可小小县衙也养了不少人,数十人一拥而上,很快将偌大的院子挤得人满为患,柳述等侍卫纵然以一当十,一时也解决不了这么多人,混乱中被包围起来,视线不觉疏忽了被挤到角落的妩姜。

喧闹打斗声中,妩姜娇嫩的嗓音发出惊呼时,柳述蓦然地看过去,发现她已被两名衙差挟持,一人反剪她的双臂,一人拿刀架着她。

"放开她!"柳述怒喝,却甩不脱与自己缠斗的人。

忽听"嗖"一声响,架在妩姜颈间的刀应声而落,原来是被羽箭射中刀背。

没等衙差反应过来,已有道身影自高处俯扑而下,踹中他腰间,将他踢飞出去。

"杨小公爷?"妩姜看清来人,很是意外。

眼前是身着紫衫、外护明光铠的杨广,眉眼飞扬,年少英俊,冷厉的眼神紧盯意图上前攻击妩姜的人。

院落入口的衙差惊呼着纷纷散开,当先踏进来的人头戴青色远游冠,身着交领阔边深衣,玄色广袖博衣,气势威严。他身后则是一队严阵以待的护卫,手持长枪,在他指挥下迅速将整个院落里混战的人包围起来。

"你是何人?"张县令扶了扶歪了一半的纱冠,感觉有些不妙,气势也弱了许多。

"见过随国公!"罢战的柳述等人先下拜行礼。

"随……随国公?"张县令敢说妩姜是假钦使,却绝不敢对随国公说这句话,顿时脸色煞白,与众人一同跪下了。

杨坚一声冷笑:"我奉命巡视受灾州县,到了你曹县,闻说县衙放粮,心

中原还一喜,因担心灾民涌入生出乱子,特来查看,没想到竟是这般情形!"

"大人,下官开仓赈灾,为民造……"

"大胆张子余,还敢狡辩!"

杨坚踏前一步,抽出杨广腰间佩刀抵着他下颌冷笑:"你以为我初来乍到不明就里?开仓赈灾全是妩姜所为,我若是晚来一步,你便以冒充钦使的罪名,将他们押下大牢了吧?"

"可……这小丫头确实不像钦使……"张县令企图做垂死挣扎。

"难道你没有看过她携带的公文和令牌?"

张县令哑然无语,软瘫在地上,任由杨坚下令将他拖走。

张县令被革职查办,暂且看管起来,连县丞、主簿等相关人等也都停职查办。杨坚等人便留下来,暂住县衙,代为处理衙门事宜。

夜间,杨坚才听柳述细细说了一路走来的艰辛,以及如何设计开仓赈灾,不由得出言赞许:"妩姜可真是智勇双全,无怪乎被陛下破格册封为钦使,成大事者就当不拘一格。"

妩姜秉性谦逊,不贪功劳,声称是大家合力所为。

杨坚内心对妩姜不居功自傲很是满意,又故意试探一番:"若此次灾患处理妥当,将来回宫可讨些封赏。"

妩姜略加沉思:"我倒不需什么封赏,只有件事,随国公若愿相助,胜过任何赏赐。"

杨坚笑问:"什么事,说来听听。"

妩姜拱手为礼,讲述起山寨中被迫落草为寇的灾民,恳求随国公从官府通缉令上将他们除名,灾后安置他们回乡耕种。

杨坚不动声色道:"这可不易,从官府通缉令上除名,若非错判,便得有莫大功劳,足以抵消所犯罪责。"

妩姜关心则乱,陷入迷惘。

柳述深谙官场变通之道,立即提议:"可以召他们下山,加入赈灾大军,为朝廷效力。"

第九章 智取仓廪

杨坚点头,他心里正是这个意思。

妧姜豁然开朗,表示愿意劝服山匪。散席后,她亲自修书一封,杨广命人将劝降书送往山寨。

翌日,众人起程随同杨坚前往赈灾大军的前线驻地,视察重灾区的险情。

这里的情况比曹县更为险峻,行至半道就不得不弃车徒步,行程过半便淅淅沥沥地下起雨来。幸而他们早有防备,戴了箬笠披了蓑衣,继续冒雨前行。

杨坚跟妧姜讲解此处地形及近期的赈灾措施,此地降雨量是受灾州县中最大的,且地势低,河堤数度被冲垮,导致房屋垮塌,千顷良田皆被淹没。

妧姜极目远眺,见前方河堤如长龙般隐约延伸至远方,堤上影影绰绰都是忙碌的抗洪大军,不断有人从堤下运了沙土泥袋去填堵堤坝被大浪冲出的缺口。除了随国公带来的大军,更多的是他们号召来的灾民。

杨坚倡议道:"我们分头从两边上去,各自巡视一段堤坝,你看看是否还有更好的提议。"

妧姜点头同意,便与柳述从一条路小心翼翼地往上爬。

堤上堤下都是泥泞之路,男人们脚上都穿着露趾的草编鞋,这种鞋踩在湿滑的泥泞上更稳一些,也不用担心泥水会灌进鞋袜。

妧姜是个女孩子,不太方便穿这种鞋,脚上仍是自己纳的千层底,走起路来免不了时常一滑一拐,亏得柳述从旁扶着她,才顺利到了堤顶。

堤下是滔滔黄河水,浊浪滔天,奔涌咆哮,豆大的雨点打在上面,很快与奔腾的黄龙融为一体,往下游呼啸而去。

堤上的人喊着号子,接龙一样挨个传递着沙袋,虽然在暴雨之中,妧姜看不清他们斗笠下的脸,却能想象他们生动的眉眼,因努力而看见曙光和希望的眼神。

妧姜被堤下一道略有些熟悉的呼喊声惊得回了神,她仔细辨别,才发现堤下有群人正在慢慢靠拢,当先的已至堤边,正是她沿途相识的寨主与那些山匪。领他们过来的士兵是杨广身边的人,高声叫道:"钦使大人,我将他们全带来了,你给他们安排任务吧。"

之后该士兵又加了句:"这帮人桀骜不驯,初时还不大相信我们,说非要见到钦使大人才肯信呢,杨大人说他们可能会听从你的指挥,便让我带过来了。"

妩姜笑着点头,对寨主他们道:"这下你们总信我了吧?"

寨主高声道:"我们信了,也愿意与他们一同修堤!"

妩姜一眼看过去,这帮人除了精壮劳力,还有老弱妇孺,实在不适合全上堤坝修筑,便传令道:"所有人听我号令,精壮男子皆上堤坝,帮大伙儿一起搬沙袋堵缺口;年轻体健的妇女和少年可以在堤下帮忙推车运沙袋;体弱的妇孺和老人,去营地帐中做饭,犒劳军士。"

寨主听她安排得合理,与众人点头领命,各自去忙碌了。

这会儿天空依旧阴沉,暴雨越发如注,柳述看了看妩姜的鞋,想劝她回去:"巡视这么久了,我们先下堤去吧。"

"不,我想再看看河堤走向,河床宽窄对河道的影响。"她非但没有听柳述的话,反而不知不觉间甩脱了他的手,往前走去。

柳述知道她倔强的个性,无奈地跟了几步,忽然听见有人惊呼,循着声音看去,见汇入河道的一条支流突然湍急起来,劈头盖脸地朝岸边拍打着,又在汇入的河面上搅起了漩涡。

一个浪头打来,河段附近的堤上,人人皆不能幸免地被打中,同时有好几个人被浪头卷了下去,最后一人身形娇小,正是妩姜。

柳述大惊之下纵身过去,伸手企图拉住她,却只够着她的指尖,相触了一下便眼睁睁见她跌落。

柳述不假思索地跳下河去,激浪翻滚,大雨倾盆,暗沉沉的天色看不到三尺远。

被卷落河道的有两三人熟悉水性在河岸边奋力划动攀上了岸,还有两人被堤上的人伸下手来努力抓住,终于都捞上去,混乱之后,有人察觉落下水的人当中还有那个少女钦使和她的护卫,不由得慌乱起来。

柳述在水中奋力划着,拼命睁眼,想在浊水之中看清妩姜的方向,终于在漩涡边缘看见水绿色的裙角，一把拽住，尽力往回拉。

他不敢靠近漩涡，知道纵能抓住妧姜的身体，凭一臂之力却很难承受二人的体重，很容易被漩涡的吸力带进去。

人与自然角力，柳述的斗笠不知漂到了哪里，他终于挣扎着将妧姜拉近自己，单臂托起她，拼命地往回游。

第十章 火凤涅槃

　　岸上许多双手伸来，帮柳述将妘姜接应上去。柳述一爬上堤坝，在人群中寻到昏迷中的妘姜，忙急切地上前探了探她气若游丝的鼻息，随后将她横抱起，展开身形直从堤上纵跃下去，冲往军营驻地。

　　营帐驻扎处地势最高，雨势虽然没有小多少，营帐却搭建在横木之上，铺了防水的桐油布，帐内还算是干燥的。

　　随国公与杨广因雨势太大，已先回了营帐，召集了将领，正打算商议事宜，见柳述全身湿透，抱着妘姜冲进来，先是一惊，随即将他们引入自己营帐，问明缘由。

　　随国公传唤随军郎中，替妘姜看诊。妘姜吐出几口浊水，犹自未醒。

　　她额上滚烫，显是在堤上被风吹得久了，又落进冰凉的河水。郎中抓了几服药材，命人煎熬。

　　柳述湿衣都顾不上更换，忧心如焚地在旁照看昏迷中的妘姜。

　　杨广催促柳述去更衣，再三表示自己会照料好妘姜，他才一步三回头地去了。

　　柳述换了身衣服，匆匆擦了下头发，再过来时端了祛寒退热的汤药。

　　杨广见他颇为有心，便放心地将妘姜交给他，回到前帐继续参与会议。杨坚与众参将商议对策，都道整日里只是这么不断堵漏补缺不是个办法，刚才不过半日暴雨，河道水位又上涨几分，几个巨浪过来，刚堵的缺口又垮塌几处，这阵子皆是如此，仿佛人力永远止不住河神之怒。

　　有人便感叹，这老天莫不是在作弄他们，每回眼见着堤要筑得差不多，就来一阵急雨，将他们的心血付之东流。

　　帐幕后，柳述将妘姜的头托起来，枕在自己臂弯上，拿着小勺将汤药一点点沿着她唇边浸进去。他小心翼翼地，边吹边喂着，到后来药汤都差不多凉了，才尽灌入妘姜腹中。

　　帐内温暖，妘姜盖着被子，原本冰凉的身体渐渐有了些暖意，原先因寒冷而苍白的唇边有了几分血色，樱花瓣似的粉唇微嘟着，眉心却有些展不开，昏迷中都脱不去对灾事的忧心。

柳述伸指抹平她微蹙的眉尖，看着她娇憨不脱稚气的粉嫩脸蛋，轻叹了口气，心想这小小年纪，常怀千岁忧，永远都不知为自己着想。

他心里怨着，却又有几分欢喜，也就是因为她这样的性格，才会处处讨人喜欢，每每逢凶化吉吧。

耳听得长叹一声，妩姜缓缓睁开眼来。

柳述惊喜地摇撼她的肩："你醒了？"

妩姜有几分无奈："我都快被你摇散架了。"

柳述忍不住笑，端起刚才送来的姜汤递给妩姜柔声道："喝下去祛寒。"

"嗯。"妩姜接过来，姜汤里加了少许红糖，甜丝丝的辣味灌入喉中，将她刚才残留在口中的药味冲淡了些。

"我是落进河中，喝了太多的泥沙吗？原来黄河水这么苦，跟草药似的。"

柳述失笑起来："真是个傻丫头，黄河水还能跟草药似的？你又不是第一次落水了。那是我给你喂下的药，郎中命人煎的。以后不许再冒险，河神跟相中了你似的，三番两次让你落水，你还不知害怕。"

妩姜倒是无所谓："河神显然是相不中我的，否则怎会每次又送我上来？"

柳述被她说得好气又好笑，忍不住揪了揪她的脸。

妩姜扭过脸，一边捧着滚烫的姜汤小口啜着，一边听着主帐内的商议声。隐约说的是加宽河道，河道宽则水流畅通，流速减缓，对岸堤冲击力必小。这个说法听起来合情合理，不少人附和。

妩姜听得秀眉越蹙越深，将喝了一半的姜汤朝柳述手中一放，便欠身起来。

柳述急急放下碗想阻拦，妩姜却动作迅捷，掀了幕帘，迈进主帐："诸位说的没错，河道宽则流速小，这是从短期来看。细细思量下，从长远看，这个决策其实不利于疏导。流速既小，挟带泥沙能力减弱，水中泥沙沉淀，到头来

淤积更多，而导致河床抬高。"

讨论声戛然而止，众人惊讶地转过目光。

妩姜继续道："河床抬高，堤坝高筑，还是免不了会溃堤，到时候治理则成了更大的难事。过高的河床致使河水倒灌入内陆，淹没的地区更多更广。"

"照你这么说，倒是要收窄河道才对？"问话的人含着明显的讽刺意味。虽然他们都听说过这个少女钦使，却不见得有多少敬畏之意，心里多少觉得一个宫女能有多少见识？况且如此年幼。

"我主张的是选择重要地段缩窄河道，引清水入黄河，使之增大流速，减少泥水沉积。"她又说了自己第一次落水被冲走的经历，明显是因窄小河道冲击力大，才将她送上浅滩，"如此延长河床抬高的时限，缓解水患，此谓'建堤束水，以水攻沙'。"

妩姜又提出了在河水汹涌处留缺口，筑"遥堤"的说法，要求在河岸较远处修筑堤坝，与河道旁的河堤构成含水湖。

众参将都是杨坚身边资历较深的谋士，听了妩姜的提议都开始哗然，明显有质疑之意。

杨坚盯着妩姜，见她神情沉静，想起黄河水患之事正是由她提议，想来也非信口开河，便道："既然如此，我们可置两个沙盘同时演练，一方以诸位之见加宽河道，一方以妩姜之语束水攻沙，留含水湖，看看最终哪个更能收效。"

很快有人造了沙盘，在帐中展示黄河迂曲的河道，通过沙盘的拓宽与缩窄，来观察注入水流的急缓和泥沙沉降情况。

事实证明，妩姜的理论是对的，拓宽河道短期内收效明显，随着时间的拉长，其弊端越发明显，模拟河床在一点点垒高，直至最后漫过河堤。

而妩姜设计的沙盘，上游因河道缩窄，水流湍急，泥水被大量冲走，带到中下游时，冲溃第一道堤的时候，遭遇第二道堤，流势明显变缓，即使偶有冲击力大的支流越过了第二道堤，也因注入了含水湖，导致后续无力，再也无法漫过第三道堤。

之前的反对之声都在实践面前戛然而止，妘姜的建议得到了采纳，杨坚开始布置下去着手实施。

等妘姜风寒稍有好转的时候，柳述带着笑容自前方回来，顾不得一身的雨水和泥泞，先将近日来筑堤束水、建立含水湖等措施卓有成效的喜讯告诉她，就见她整装待发，坚持要亲自去堤上察看。

柳述无奈，不同意她换上草履的提议，坚持寸步不离地牵着她上堤。

河段紧要处被泥石束窄，大量泥沙冲刷往下，分流入含水湖，水位线有效下降，虽依然不时有大雨倾盆，却再也不能冲溃高筑的河堤。

妘姜站在堤上注视这些日子的成果，忍不住甩掉箬笠来表达自己心中的欢喜。

柳述怕她兴奋过度脚底打滑，牢牢地攥紧了她的手。难得见她如此放肆地表达情绪，他不知不觉间也被感染。

妘姜反手拥抱了他一下，以示庆贺。

同时在这段日子里，杨坚审理了贪官，分派了朝廷后续而至的银粮，用以赈济灾民，深得百姓爱戴，更多百姓加入运沙筑堤的队伍。

治水赈灾告一段落，随国公一行带着妘姜返京。

妘姜被安排与随国公同车。

在见识到她搬运随身带来的众多书籍后，杨坚才知她的推断果然不是凭空想象，而是有前人经验为实据，经此演算而来。

妘姜端端正正地坐在随国公对面，一路不卑不亢应答对方的各种发问，可谓对答如流。随国公心中欣喜，感慨万千。

妘姜也怀有一些疑问，试探问道："国公大人，奴婢能斗胆问您一个问题吗？"

杨坚随和道："当然可以。"

妘姜小心翼翼地取出七宝璎珞，递给他，目光一直没离开过他的双眸："您见过这个吗？"

杨坚目光一凝,不动声色地接过去,翻来覆去看了几遍,还给妩姜:"看来倒是光彩夺目,像是大户人家给孩童的饰物,是为结佛缘,求个吉祥之故吧。"

"国公……未见过此物?"

在妩姜充满希冀的目光之中,他缓慢淡定地摇了摇头。

一路上,妩姜明显的沉闷下去。

回到京中,众人风尘仆仆地去金殿面圣,自然都不同程度地得了封赏,杨坚信守承诺,提出为那帮山匪除名通缉令,得到了周帝应允。

轮到妩姜时,宇文邕倒是稍一沉吟。

后宫局限,对妩姜的才能颇有制约,无发挥之处。

因而宇文邕思前想后,便册封妩姜为中书通事舍人,御前任职,起草诏令,辅佐天子。

历来中书舍人没有女子,如此重要的职位,品级虽不甚高,却是皇帝身边最亲近之人;

妩姜破格受封,可谓青云直上,令人既惊且羡。

入了后宫,妩姜另被安置了住处,往来访客络绎不绝。

宇文赟安排了日子为她庆贺,除了她宴请的柳述、灵枢、素问等,不请自到的大有人在,其中还有个令人意想不到的人物——富平公主崔絮。

富平公主从踏入门槛,便迅速游目一顾,却不见太子身影,心中不禁暗暗诧异。

妩姜见她驾到,自然上前拜见,被她一把扶住,挽着手臂笑言:"说起来你已是御前女官,论品级也是朝臣了,该当向你贺喜。今日你为主我为客,朋友论交,何须如此客套?你能请我喝杯水酒,也就是交了我这个朋友。"

妩姜听她如此说,也不便太过推拒,便笑着接受了她的贺礼。

富平公主很懂分寸,挑的礼物皆是不算特别贵重,却是风雅精美之物,既不显得张扬,又有重视之意。

第十章 火凤涅槃

席间不知谁突然提到了太子选妃在即，便有人不由自主地将目光向富平公主投去。

妩姜听柳述提过此事，并不意外。

富平公主自己倒没在这个话题上纠缠，仿若未闻，言笑晏晏地向妩姜示好。

待众人散席，天色已暗，妩姜送走客人，走近廊下的小片花圃时，忽然发现暗处有道身影，被月光拉得甚长，一动不动地站在那里。

"谁？"妩姜心生警惕，止住脚步。

有人自树影之间走出来，白纱冠束发，里面是浅杏色交领深衣，外罩白色绢纱，配上他有几分憔悴的眼神，更显萧然。

"太子殿下？"

"听说你荣升中书舍人，请了许多至交，却独独落下了东宫。"

"不是的殿下。"妩姜忙解释。她心知太子会不快，那种场合有他只会添堵，才刻意避过了。

妩姜忙将他迎进屋内，亲自给他斟了茶，恭恭敬敬地呈上。

未料茶盏没放稳，太子已经出其不意地扣住她的手腕，茶盏晃动，滚烫的茶水溅了两滴在她手背上，瞬间红了起来。

太子抓着她手腕拉近，厉声道："你是不是以为身为御前女官，便会离我越来越远，从此飞上枝头？"

"殿下，奴婢从未这样想过。"妩姜轻挣了一下，没有挣脱，却被他攥得更紧，疼痛感深入骨髓。

太子盯着她，没有言语，妩姜发现他眸中蒙上一层水雾，渐渐潮红。

"你以后不再回东宫了，再也不用伺候我，是不是觉得解脱了？"他察觉到妩姜的痛楚之色，缓缓地松了手，语调也低缓下去，眼底有莫可名状的悲哀。

妩姜想起了他的失眠和噩梦，他惯于以暴戾去掩饰的孤独内心，油然而生几分怜惜，轻声道："奴婢被封为中书舍人，是意料之外的事，却也算成全奴

婢。在御前,有更多的机会为民请命,为我大周做更多的贡献,和逃避殿下毫无关系。如果……如果殿下肯纡尊降贵,与奴婢论交,其实任何时候奴婢都不会拒绝。"

"当真?"太子的眼眸是深黑的,犹如不透光的深井,难以捉摸。

妧姜点头。

"明日花宴,你会去吗?"

妧姜知道,明日宫中有皇后举办的花宴,今日席间因花会的事才转到太子选妃的话题,隐约觉得二者之间有所关联,一时不明就里。

太子不等妧姜回答,握住了她的手道:"你说过,我若纡尊与你结交,你不会拒绝,明日花宴,你一定要去。"

妧姜面对他不容推却的眼神,只能点头应承。

太子脸上阴郁之色稍去,眼底闪出几分光芒来,起身离去。

皇后的花宴,除了皇族公主外,朝中重臣千金、有名望的名媛淑女皆会到场。

妧姜还没想好以何理由入场,富平公主已经上门相邀,称今日花宴,名门淑媛们皆结伴而行,她也来携个伴。

妧姜顺理成章地跟着富平公主入了花宴。

皇后未至,千金贵女都聚在花厅赏景,谈笑之间雅趣横生,举止言行都十分得体。

妧姜安静地在富平公主身边作陪,并没有认真去听她们谈论的风花雪月,而是在思考昨夜看的书中的问题,回过神来时,发现不远处有两名少女言语间起了争执。

她没有从头听起,辨不出谁是谁非,只知道她们的言辞越来越尖锐,俏脸都微微泛起红来,再争执下去,连起码的风度都要难以维持了。

她们服饰极尽奢华,显然都是门楣相当的千金贵女,倘若失态,不免双方都很难堪。

此时，一道温柔悦耳的女声响起，三言两语便将二人安抚，脸上也各自有了笑容。

妩姜从人群中看去，见开腔劝解的少女约双十年华，斯文静雅，眉目温柔，气度在所有闺秀之中脱颖而出。

"那是谁？"妩姜在见了少女的第一眼就莫名地心生好感，或许是她的眉眼给人莫名的亲和，或许是她轻易化解纠纷的智慧令人心折。

富平公主看了一眼："是随国公的长女丽华。"

妩姜心中怦然而动。虽然赈灾归来时，随国公否认曾见过七宝璎珞，却止不住她听到杨家人便油然而生的亲切感。

杨丽华知书达理，尔雅淑慎，妩姜自然而然地觉得，如她这般的品貌才配做太子妃。

花宴很快开席，皇后与诸嫔妃齐聚，周帝与皇子们落座，一些重臣及诰命夫人纷纷入席。

宴上除赏花品乐，各家闺秀皆按序献艺，琴棋书画，歌喉舞姿，无不各展所长，竭尽所能。

皇后频频含笑点头，偶尔与周帝交换一下眼色，大臣及诰命夫人们凡携女而来的，都在心底暗自比较，或喜或忧。

几名皇子则看得随意，包括太子在内，只是偶尔吃块糕点，品下清酒，目光散漫地朝殿中央抛上几眼，毫不上心。

毕竟宫中伶人都是千挑万选出来的，这些闺秀虽然举止谈吐高雅，风仪过人，歌舞才艺却不见得能胜过宫中女伶。

偶尔有书画出色的，倒也能博人一观，其间最出色的莫过于杨丽华的舞姿和富平公主的琴音。

闺秀们献艺既毕，皇后抚掌赞叹几句，命宫女们端上洁净的白色瓷盘，盘中均有不等的带露鲜花。

看着盘中鲜花，多数人不解其意，听皇后道："此为花宴，今日凡在座宾

客,本宫皆送鲜花名品,以供赏玩。"

苏贵嫔目光流转,立即领会了皇后之意,笑盈盈地拈起自己面前鲜花,起身离座,走向富平公主,在众目睽睽之下将花放入她面前盘中。

"名花倾国两相欢,本宫觉得这枝花更配富平公主的琴艺。"

步她之后,清都公主也上前将花送给富平公主,含笑赞许。

富平公主谦逊柔和地谢礼,招来更多人纷纷效仿苏贵嫔与清都公主,宫中嫔妃竞相献花给她。

既开了这个头,气氛便活跃起来,其余人也纷纷离座起身,各自送花,差不多一轮下来,富平公主面前鲜花最多。

皇后含笑颔首,周帝旁观不语,宇文护捋须而笑,似胸有成竹。

苏贵嫔与富平公主目光传递,都露出大局已定的笑容来。

太子低头看了看盘中的鲜花,口角微动,眼神复杂。

他哪能不知今日之宴所为何事?只是其余人面前哪怕堆了再高的鲜花,也不能得他青睐。

此刻妩姜也起身离席,她正对的方向是富平公主。

正在富平公主欲含笑起身相迎的时候,妩姜朝她报以一笑,将鲜花放在她身边的杨丽华盘中。

富平公主的笑意瞬间凝固在脸上,挥之不去的尴尬令她心中瞬间生出怒火来,却不得不强按情绪,保持仪态万方的气度。

宇文赞见场中气氛微僵,笑了笑,起身将自己的鲜花也送去给杨丽华,并在走过妩姜身边时,轻声说了句:"所见略同。"

三皇子原本举棋不定,见状忙将自己的花也献过去:"杨家小姐的舞姿确实动人。"

有了二位皇子带头,灵枢也将自己手中的花送给杨丽华,以示对妩姜的支持。

宫女们原本手中各执鲜花侍立在旁,此刻都纷纷将花投给杨丽华。她们不知就里,只当是盛宴中的才艺比较,也不觉得有何不妥。

富平公主纵然善于隐藏情绪，也盖不住脸上的尴尬与恼怒了，她擅长挑唆他人为自己出头，便将求救的目光投向清都公主。

清都公主盛气凌人地起身，指着宫女们训斥："大胆奴婢，谁准你们上前献花？"

苏贵嫔见有清都公主出头，随后附应："没错，这是皇家花宴，什么时候轮着奴婢凑热闹了？"

苏贵嫔眼尾挑出几分冷厉之意，宫女们噤若寒蝉，不由自主地偷瞥妩姜，心想她既开了头，为何大家不能投？

妩姜正在转念，皇后已和风细雨地开了腔："苏贵嫔何须如此动怒？既然是比才艺，那便任何人都可欣赏，送花不过是添点喜气，讨个吉利而已，有何不可？"

随即她端起面前玉盘，递给身边宫女，示意她拿去一并赐给杨丽华。

皇后面前鲜花最多，玉盘之中有十枝稀有的名品牡丹，堆放在杨丽华面前，几乎摆放不下。不必细数，便能看出她盘中鲜花满溢，已经明显超过富平公主。

富平公主眼中怒火熄灭，脸上一片死灰。

苏贵嫔心中自然极不痛快，然而目前已成定局，如果非要与皇后在众目睽睽之下一较短长，无异于在众臣面前令宇文邕脸上无光，她自然不敢如此肆意而为。

宇文邕喜怒不形于色，他心中早在提防宇文护坐大，暗中授意宇文赞如此，果然收得成效。

宫女们奉皇后之命清点鲜花，富平公主不出所料，以明显的差距败给杨丽华。

至此，大殿内许多人已知今日设宴的目的，心照不宣地相顾而笑，唯有宇文护脸色阴沉，不置一词。

宇文邕朝杨坚投去一瞥，才不紧不慢地道："今日召诸爱卿赏花宴饮，得以见识一众名门闺秀卓绝的才艺，确实是件赏心乐事。不过今日花宴另有一目

的，朕与皇后商议，打算在名媛千金中遴选太子妃，既然德行才艺皆属杨家长女丽华为先，那……"

"我反对。"不等宇文邕将最后的结果宣布，太子已突兀地抬起头，自座中离席，手中攥着几枝原放于他面前的鲜花，"太子妃既与我切身相关，为何我自己不能投选？"

太子径自走过大殿，停在妩姜席前，将自己的鲜花交到她手中。

举座皆惊，连妩姜自己也始料未及，握着鲜花无言以对，震撼之余想起昨夜他对自己说的话。

妩姜清楚，太子内心孤单寂寥，长久以来他都渴望能有个可以令他抒怀之人相伴，但这个人不应当是自己。

身份的差异，宫廷生活的复杂、晦暗，与她的天性相去太远，她不愿意接受这样悬殊的婚配。

最先回过神来的是皇后，她惯经风浪，心中迅速衡量了一下妩姜在宫中的步步高升，宇文邕对其器重任用，再综合妩姜的禀性品貌，觉得这未尝不是件好事，便打圆场笑道："妩姜如今身为御前女官，中书舍人，纯良可亲，品貌端正，确实可配东宫。太子的眼光倒是不错。"

皇后朝宇文邕微递个眼色，示意他考虑周详。毕竟事已至此，太子又是一脸坚决，当众拂他的心意不太合适。

宇文邕知道皇后弦外之音，心中也是犹豫。

他有意与杨坚结亲，早看中杨丽华，但太子心悦妩姜，指明她为太子妃人选，确实出乎他意料。

细思皇后的话，不无道理，太子妃人选首推贤能温良，太子这回眼光不差，以妩姜之才，将来必能辅佐他成为贤君。又想太子终究要继承江山，他的决断不应被轻易否决。

"妩姜，你可愿为太子妃？"

众人面色各异。

杨坚面有忧色，杨广神情惴惴，宇文护只盼宇文邕斥责山鸡不能配凤凰，没想到他竟和颜悦色地垂询那小女官的意见，这令他大感意外。

妩姜正失神间，听宇文邕问自己，想也不想摇头道："奴婢身份低微，宫女出身，相较太子之高贵，实在是有云泥之别，如何敢高攀？"

太子原本充满希冀的眼神瞬间被怒火点燃，满心殷切换来她这句拒绝，他如何甘心？

此生除了东宫之位，他最执着之事便是要立妩姜为太子妃，自然不容她推拒。

他在殿中跪下，叩请宇文邕道："儿臣唯此一愿，除妩姜之外，任何人都不要。"

妩姜心中忧急，知道这种场合自己人微言轻，只要宇文邕应允太子请求，她再多的理由也成枉然，过于激烈的言辞反易为自己招来祸端。

"陛下，这件事万万不可。"

一声淡泊清朗的佛号突然响起，殿内所有人皆循声看过去，见殿外有人踏进来，袈裟拂动，芒鞋竹杖，即便是风尘仆仆也掩饰不了眉宇间柔和慈悲的光芒。

立即有人认出是云游多年的国师惠远，原以为他化外之人，不愿为俗务纷扰，没想到此刻会现身阻止太子选妃。

惠远上前行礼："不知陛下可记得当年火凤之说？"

记忆虽已遥远，事情毕竟特殊，经他提醒，宇文邕立即想起杨坚的幼女，脸色不好起来。

"此女正是当年降生时便有火凤命格之人。"

皇后对突如其来的真相有些措手不及。

杨坚父子无言以对，目光只能避开众人，一时间妩姜成了众矢之的，他们心中焦急却想不出更好的方法为她解围。

宇文护自是眉目飞扬，朝苏贵嫔频频递眼色，连带着富平公主也振作了精神，没想到这一变故如此突然。

苏贵嫔了然，趁机对宇文邕道："原以为这丫头虽是宫女出身，倒也勤奋

努力,秉性纯良,如今看来怕是步步精心谋算,借太子上位。我看呀,这背后还指不定有人教唆呢,否则她小小年纪,哪有才华再三展露锋芒?"

宇文邕震惊之余又想起火凤犯帝星一事。

陈年往事他早已模糊了记忆,不像当年忌惮甚深,可苏贵嫔之言确实值得斟酌。

若妩姜只是出身寒微,凭她的才智人品可配得太子,但有了这重特殊的身份,他不得不疑心其中有诈。

"将妩姜拖下去,打入诏狱!"宇文邕此刻心中疑念已生,被愚弄的愤慨难以压制,断然下了指令。

殿内哗然,皇后尚在思量,太子与宇文赞都急急发声求情,杨坚父子也跪在殿上表示妩姜并不知自己身世,绝无刻意隐瞒之意。

宇文邕听不进任何人的进言,拍案而起,无视跪了一地的求情脸孔,径自离去。

妩姜很快被人押下去,回首之间见到杨坚怆然的眼神、杨广满脸的泪水,她强忍的悲意仍是湿了眼眶。

柳述不在花宴之列,恰好今日未曾当值,她怅然之余有几分庆幸,以他的性格,不在更好,否则必然为她强出头,闹出事端。

她最后的余光定格在太子脸上,他向来冷戾无情的眼眸已泛红,掩饰不住的急怒随时会迸发出来,他只得死死咬着下唇克制自己的情绪。

诏狱大门如噬人的兽口洞开,妩姜踏进光线不明的潮湿窄道,当年送饭所经的道路依然是这样阴暗逼仄,没想到有朝一日自己竟会沦为阶下囚,人生真是变幻无常。

一、二、三……妩姜心里默数着囚室。

囚室门被打开,身后有人用力推了一把,妩姜一个趔趄跌进去,门在背后重重关上。

她扶着墙稳了下身形,摸索着找到了唯一的石床,缓慢坐下。

世事真是巧合,她竟然被关在了当年摩煊所在的囚室。

往事历历在目，摩煊眼神清朗，略带嘲讽的笑声仿佛犹在耳边回荡；总是不时惊吓戏弄她，却又毫无恶意。

回想摩煊那样看破世情的透彻之人，早已消失在这世上，妩姜不觉间已是满面冰凉，抬手抹去了泪水。

惠远的解说，终于令她明白了自己的身世，也知晓了杨坚和杨广为何都对她讳莫如深。

他们的保护终究改变不了现实，命运的枷锁如扼咽喉，令她渐渐喘不过气来。

就这样吧，怎样挣扎也改变不了的。妩姜心里默默对自己说。

不知过了多久，她了无生趣中抚摸着石床、石桌，用指尖寻找着当年摩煊留下的痕迹，怅然回想起他的点点滴滴。

灵敏的指尖自囚室冰冷的墙壁上划过，妩姜感觉到了深深浅浅的刻痕，犹如字迹。

好奇心令她精神为之一振，摸索下去，想要知道当年他留下了什么。黑暗之中，她不知自己触到了什么，听见了沉重的闷响声，地面传来喀喀的机簧之声，裂开了长长的缝隙，露出通往地下的石级。

妩姜讶异万分，借着囚室门外微弱的灯光，小心翼翼地踏上石级，逐级而下。

石级底是条长长的密道，丝毫不见光芒。

妩姜只能凭借本能扶着墙壁往前寸步缓行，不时伸臂丈量宽度，发现这条密道狭窄而曲折，好在并无岔道。

地势又渐渐高上去，妩姜举步时一脚踢中冷硬的石块，疼得发出咝丝声，便弯下腰去摸索，发现又是一道向上的石级。

她沿着延伸的石级，不知自己上到了何处，只在尽头处摸到了一扇石门，用力推开。

突如其来的光明令妩姜睁不开眼，她用力紧闭刺痛的双目，泪水长流。好一阵她才抬手半遮眼帘，睁开眼打量眼前的情形。

这是个陌生的地方，六角结构的内壁，四面及地板皆铺着黑沉的柏木，到处散发着檀香气息，正中对着密道门的，是座泥金的佛像，半阖的双眸悲天悯人地俯瞰世间众生。

佛像前香烟袅袅，蒲团上有人背对她盘坐。

妩姜绕到他面前去，见他宝相庄严，神情肃穆，正缓缓睁眼，对上自己，毫无惊讶之色。

"国师？"妩姜立即意会到这是哪里，她竟然沿着石级上到了浮屠塔顶，"这是怎么回事？"

惠远神情淡逸，道："这条暗道，原本只有贫僧与摩煊知晓，既然你意外到此，也是天意使然，或许是摩煊在指引你，将你送到此处。"

比起天意，妩姜更愿意相信是摩煊的指引。

他仿佛无所不知，无所不能，即便人已不在，却依然存于她记忆的每一个角落。

她沉默了很久，想起来问："大师，我出生时的火凤命格，是真是假？"

惠远面容沉静："三分天命，七分人为，火凤既已展翼，燎原之势即将到来，已非人力可阻。凤凰需经涅槃，方能浴火重生，你已经决定好了吗？"

妩姜似懂非懂，见他取下颈间佛珠，只在掌心一搓，便颗颗散开，取了其中一粒递过来。

"既然缘分将你送到这里，或许贫僧应该成就你这一生，吞下它，你即可涅槃重生。"

妩姜接过，低头摩挲，再想问他话，见惠远已闭目不言，只得施礼告别了他，退出浮屠塔，沿原路摸索着回到诏狱。

惠远所指的涅槃重生，妩姜依然不甚了然，只是端详佛珠，回想着自己这一生。

杨坚、杨广乃至杨丽华的身影浮光掠影般滑过，随后是柳述、太子、宇文赞、灵枢、素问，生平结交之人都从心海浮上，最后定格在摩煊月下吹笛的那一幕，妩姜忽然有所了悟。

她看着佛珠，不再犹豫，吞了下去。

诏狱内的黑暗被一盏晃动的灯盏划破。

当先而行的是太子与宇文赞，其后是他们二人的侍从和诏狱的狱卒。

行至牢门前，狱卒殷勤地上前开了门锁，躬身请二人进去。

灯火渐渐将囚室内的一切笼罩在晕黄的光芒中，太子一眼看见妩姜平躺在冰凉的石床上，快步过去，出声唤她。

宇文赞见妩姜不应，也走近了些，发现她脸色有些灰白，感觉有些不妙，问："她怎么了？"

太子伸手抚摸她的脸颊，觉得触手处冰凉，没有一丝温度。他开始颤抖起来，指尖始终流连在她面颊上，不愿意去面对这个事实。

宇文赞比他镇定一些，伸手在她鼻下探了探，脸色大变："来人，快请御医！"虽然他心知此举明显多余，还是抱着一线希望徒劳地挣扎。

妩姜神情平静，如获永生，长长的睫毛笼着眼底一圈，投射出弯弯的弧度来，小巧而精致的唇紧抿着，无论二人怎么呼唤、摇撼，都无法应答。

御医很快便至，伸手搭了会儿脉，便惋惜地摇摇头："已气绝多时，回天无力。"

"你这庸医，给我滚开！"太子突然一声暴喝，将御医推倒在地，连宇文赞都被他毫不留情地拨开，冲上前去将妩姜小心翼翼地搂在怀里。

"皇兄，妩姜已经……"

太子丝毫不理会宇文赞的劝说，只抱着妩姜，紧贴她的脸颊，冷冷道："你们都骗我，她没有死，她不会死！"

众人愕然，知道太子易怒的性情，谁也不敢上前相劝。

消息很快传到朝堂之上，宇文邕听人匆匆来报，说妩姜死于狱中，一时震撼，良久无言。

回想起那慧黠浅笑的稚嫩脸孔，在朝堂上力挫群臣的不凡言论，救灾的种种功绩……他不禁心生惋惜，之前种种戒备烟消云散。

或许那真的只是谬言，他扪心自责，以多疑之心对待那样一个豆蔻少女，是否太过武断？

随国公杨坚听闻此言，身子晃了晃，泪水纵横，对着宇文邕只说了句："陛下……"便再也无言。

身边有官员偷瞥他一眼，意示同情，却见他脸上气色不好，脚下又踉跄几步，仰面倒去，慌得忙上前相扶。

又有人来回禀："不好了，不好了！"

"又有什么不好？"宇文邕正心烦意乱，忍不住将来人训斥一通。

"太子……情绪不对，还是请陛下去看看吧。"

宇文邕眉头一皱，心想这种时候，太子又添什么乱？

诏狱外，太子失魂落魄地抱着妧姜出来，宇文赞紧随其后，不时想要接近，却又无法。只要靠近妧姜半分，就被他厉声呵斥。

"皇兄，你别这样，先放下妧姜，有话好好说。"

"她是我未来的太子妃，别以为我不知道，你们这些不怀好意的，都只想把她从我身边抢走！"太子双眸血红，鬓发已有些散乱，咬牙切齿的模样看起来有几分可怖。

"她已经仙逝了……"

宇文赞十分无奈，在他的目光示意下，四下有侍卫们围上来，却不敢轻举妄动，只防备太子会做什么过激之事。

忽然之间，有道黑影如鲲鹏展翅，越过众侍卫头顶，衣袂翩然，落在太子面前，只看得他眼前一花，手中便是一轻，妧姜已被来人夺去。

太子疯了一般上前去抢，嘶声道："放开她！"

"按住太子！"深沉威严的喝令声响起，宇文邕终于赶至。

他没想到事态演变到如此地步，太子失心疯的模样实在大出他的意料。

太子虽然有几分身手，也经不住大内侍卫数人相围，很快被人牢牢架住，不得动弹。他并不在意自己的处境，犹在挣扎着，两眼如有地狱之火在烈烈燃烧，只死死地盯着柳述怀中的妩姜，喃喃道："放开她，把她还给我。"

宇文邕无奈又震惊，斥道："瞧你这副模样，真是不成体统！"

太子听而不闻，只低喃了几句唯有他自己才能听清的话，忽然喷出一口鲜血来，整个人委顿下去。

宇文邕不由得一惊，混乱中御医赶来，替太子诊脉，宇文邕才稍稍放了心。他情知太子一心只系着妩姜，不得已将目光移向柳述，喝问："大胆柳述，你在皇宫作乱，意欲何为？"

柳述神情悲痛，眼眶中泪水要强抑着才不致落下，他慨然道："陛下明鉴，妩姜一心为大周效忠，为百姓请命，她区区一个女孩子，所谓火凤之言纯属荒谬，而陛下您竟轻信流言，要置她于死地！如今她终于离去，解了陛下心头忧患，还要强留她做甚？微臣只是想带她离开这人心鬼蜮之处，给她最后一片清净而已，难道这个要求也过分？"

宇文邕无言以对，他看了看迷茫失神的太子，又看了看悲愤隐忍的柳述，长叹了一口气。

此刻，宇文赞上前请求："父皇，请让柳述带她离去吧，纵然她是火凤，也已气绝身亡，何苦还令她连最后的清净也不得？"

宇文邕终于点了点头，挥手令众侍卫让开，柳述便抱着妩姜自散开的人群中迈步出去，头也不回。

宇文赞心中悲伤难耐，怅然望着柳述抱着妩姜离去的决绝背影，知道从此再也见不到那张皎皎如月的笑颜。

出了宫城，柳述抱着妩姜翻身上马，单手控缰，一夹马腹向前疾驰。

他不知道要去往何方，只知要远离充满污秽的宫廷、处处险恶的殿堂。

骏马一路狂奔，很快出了京城。

剧烈的颠簸中，妩姜突然发出呛咳之声，身躯挣扎着一动，檀口微张，一粒佛珠自她口中滚落。

她吃力地抬起头，睁开明眸，远望天边落霞孤鹜，仿佛镶了金色羽翼的火凤，振翅欲飞。

　　公元581年，北周覆亡，杨坚称帝，隋朝建立，成为上承南北朝下启唐朝的大一统王朝。

　　杨坚史称隋文帝，册封妩姜为兰陵公主，召柳述为驸马。

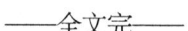

——全文完——

/ 读古代公主的励志故事，汲取成长正能量 /

小MM"公主天下"系列持续升温

编辑部新策划，众多人气作家精心创作，女孩们最爱的浪漫古风系列

在历史的漫漫长河中，几百位公主曾闪耀登场过，她们或单纯，或傲娇；她们或集万千宠爱于一身，或被不公对待；她们的故事或被后人铭记，或淹没在时间的洪流中。

曾经的她们都有着至高的权力，都拥有不平凡的一生。所谓欲戴王冠，必承其重；欲握玫瑰，必承其痛。公主们从一出生，就肩负着皇族的责任和使命，就要面对比常人更凶险的命运。但即便前路未知，这些公主们依然竭尽所能，认认真真地绽放出生命的精彩。

小MM"公主天下"系列，写尽古代那些可歌可泣、可圈可点的公主们的故事，愿读到这些故事的女孩们，可以从中汲取到自信、勇敢、坚强的力量，成为令自己骄傲的优雅公主。

双鱼女孩，在花季里诗意流浪

游弋于浪漫国度的双鱼女孩，有着极为敏感丰富的心，盛满诗一般的情怀；

超强的感知力和共情力，使她总因朋友们的忧愁而神伤——

你难过了，她给你安慰；你崩溃了，她陪你一起流泪；

你需要勇气，她全部赠予；你快乐时，她笑得比你还大声……

其实，双鱼女孩的秘密花园里，并不仅仅只有浪漫，还有细腻、善解人意、坦率，和勇敢。

请为你是双鱼座而骄傲，也请珍惜你身边双鱼座的朋友。

成长的花季，何湘南邀你一起拥抱双鱼女孩青春里所有无法言说的小忧伤！

《双鱼座③：握别梦幻小时光（大结局）》唯美献映！

故事会结束，所有人都会长大，而那些并肩同行的时光，是记忆里最耀眼的存在。